어쩐지 돌연변이

천재 극작가 강월도의 삶과 죽음

어쩐지
돌연변이

조유현 지음

21세기북스

일러두기

- 실명과 가명을 사용함.
- ❀는 강월도의 편지, 일기, 작품 중 발췌 각색, 인용함.
- 어머니의 편지와 동생의 편지, 인용한 시들은 서체를 달리함
- 자료 및 사진의 출처는 〈늘봄〉 출판사, 형제 가족들, 〈조병화문학관〉 제공이며 따로 밝히지 않음.

어디까지 밝혀야 할지

자살한 천재 작가의 전기를 쓰는데,

일생동안 쓴 일기와

연인들과 오고간 수백 통의 편지들,

베토벤 전기를 쓴 안톤 신틀러의 고충을 알 것 같다.

프롤로그

강월도

강월도.
그는 지금도 어딘가를
건너고 있다.
그의 파이프에서 의심스러운
기호가 뻑뻑, 올라온다.
– 황지우

강월도는 한국의 몇 안 되는 극작가다. 그리고 자살했다.

이 글의 주인공 극작가 강월도는 1960년대 초 한국인 최초로 뉴욕 컬럼비아대학에서 칸트의 〈순수 이성비판〉을 비판한 〈비순수 이성비판〉으로 철학박사 학위를 받고 미국에서 교수로 근무했다. 한편 뉴욕에서 사업가로도 성공하였으며, 오프브로드웨이에 진출한 최초의 한인 극작가로, 당시 KBS-TV에 천재 극작가로도 한국에 소개된 인물이다.

30여 년간 미국생활을 정리하고 서울올림픽이 열리던 1988년 한국에 귀국했다. 한성대 철학과 교수로 근무하며 극작가로, 시인으로 활발한 활동을 했으나 2002년 여름 어느 날 갑자기 부산에서 제주로 가는 페리에서 "고려장의 신화를 기억하게"라는 마지막 말을 남기고 바다로 투신자살을 하고 만다.

당시 신문들은 극작가 강월도의 죽음을 '현해탄에 몸을 던진 윤심덕처럼' 정도의 관심을 두었지만 사실 그의 일생은 윤심덕과 동반 자살했던 극작가 김우진의 모습과 흡사했다.

강월도는 시인이자 극작가이기 이전에 실존주의 철학자였으며 과학적인 이성주의 비판자였다.

자신의 머리를 부숴 죽겠다고 예고한 대로 건물에서 투신하여 머리를 박살 내 죽은 프랑스 철학자 질 들뢰즈처럼, 철학자 강월도는 오래전부터 자기 죽음의 모습을 예고했고, 또 그렇게 죽었다. 극작가 김우진처럼 극작가 강월도는 왜? 그런 모습으로 죽어야 했는지 아무도 말해주는 이는 없었다. 큰 관심도 두지 않았고 그의 아까운 작품들과 함께 우리 연극계에서 곧 잊혔다. 그는 왜 죽어야 했을까? 그리고 그가 마지막 던지고 간 "고려장의 신화를 기억하게"라는 말은 무슨 의미였을까?

이 논픽션은 10여 년 전 바다에 투신자살한 극작가 강월도의 삶을 어린 시절부터 죽는 날까지 추적해 본 것이다.

아버지가 납북 당하는 어린 시절의 트라우마, 미국 컬럼비아대학에서 한인 최초로 철학박사를 받고 뉴욕 오프브로드웨이에 입문하게 되는 과정, 그리고 미국에서의 독특한 사업수단, 한국에 귀국하여 15년간 한국의 현대연극 발전을 위해 애써왔던 일들을 그의 실존주의적이고 자전적인 희곡작품들을 연결하여 연대순으로 엮어보았다.

강월도가 남긴 편지와 서류들

무엇보다 필자는 그가 투신한 후 그의 사무실을 정리하다가 폐기될 뻔한 그의 일기, 수첩, 수백 편의 가족 친지들과의 편지들, 사진들, 주요 사적 자료들을 보관하게 되었다.

그 자료들을 분석하며, 그가 고뇌해야 했던 상황과 사건들, 세상 사람들이 몰랐던, 그가 실제로 죽는 날까지 고통받았던 충격적인 비밀을 발견하게 되었다. 그 속죄의식의 연장선으로 마침내 그를 죽음으로 청산하도록 만들 수밖에 없었던, 그가 남긴 마지막 말 '고려장의 신화'의 의미를 조금이나마 이해할 수 있게 되었다.

이 글을 통해 강월도 생전에 인정받지 못했던 그의 희곡과 연극, 시 작품들, 한국 연극계에 보여준 그의 선구자적 모습들이 독자들에게 조금이나마 이해되었으면 좋겠다.

2013년 10월 어느 날
제천 세명대학교 연구실에서
조유현

차례

1부

파도에 던지다

1. 투신

지금으로부터 10여 년 전, 감격스러운 한일 월드컵의 열기가 아직 채 가시지 않은 2002년 8월이 저무는 어느 날 새벽 나는 제주 해양경찰대로부터 한 통의 전화를 받는다.

"조유현 선생님 되십니까?

"그런데요?"

"여기 제주 해양경찰대인데 강욱 씨를 아십니까?"

"어디라구요? 제주 무슨 경찰대요?"

"네, 제주 해양경찰대 박혜경 경장인데 강욱 씨라고 아시죠?"

"강욱?"

"강욱 씨랑 어떻게 되십니까?"

강욱? 그때는 강욱이 누군지 금방 몰랐다. 그래도 전화를 바로 끊지 않았던 것은 정말 소설에서처럼 불길하게 '혹시 옆 사무실 강월도?'가 순간 떠올랐기 때문이었다.

"무슨 일이죠? 잘못 거신 것 아닙니까?"

"강욱 씨 가방 속에 선생님 연락처가 있었습니다. 어젯밤 부산 발 제주 행 페리에서 누군가 바다로 투신했는데, 갑판에 가방이 남겨져 있었습니다. 그 속에 선생님 연락처가 있었습니다. 오셔서 확인하시고 사인해 주셔야겠습니다. 강욱 씨 가족 분께 연락주시고 같이 오세요."

'헉! 혹시? 진짜 그럴 리가?' 아니겠지 하며 나는 물었다.

"강월도 아닌가요? 제가 아는 분은 강월도…"

"여기 수첩에는 강욱 360222…, 서울시 종로구 성북동…."

'그럴 리가 없지' 나는 그날 혼란스런 마음으로 제주로 향했다.

그날 오후 제주 해양경찰서에서 박혜경 경장을 만났다. 그리고 내가 알고 있는 우리 옆 사무실 강월도, 그의 본명이 강욱이었다는 사실도 제주에서 그날 처음 알게 되었다.

"지난밤 22일 0시 15분경 부산에서 제주로 가는 페리에서 누군 가 바다로 뛰어드는 것을 담배를 피러 밖에 나온 승객이 목격하여 신고했습니다. 페리가 제주에 도착하고 승객들이 다 하선한 후에야 주인 없는 가방을 찾을 수 있었습니다."

하면서 박 경장은 내게 작은 가방을 하나 보여주었다.

그것은 너무나 익숙한 강월도 선생의 것이었다. 항상 끈을 어깨에 걸고 빠질세라 옆구리에 꼭 끼고 다니던 바로 그 가방이 확실했다. 그렇다면 진짜로 며칠 전까지 멀쩡하게 내 사무실을 드나들던 강월도 선생이 어젯밤 바다에 투신한 것이다.

멍하니 귓전으로 '아직 시신은 발견되지 않았고 수색 중'이라는 박 경장의 말을 들으며 그의 가방을 열어보았다. 안에는 낡은 청색 다이어리와 접힌 A4 2장이 있었다. 한 장은 중절모를 쓴 사나이가 물속으로 사라지는 푸른빛의 그림이었고, 다른 한 장은 친구들에게 남긴 마지막 그의 친필 편지였다.

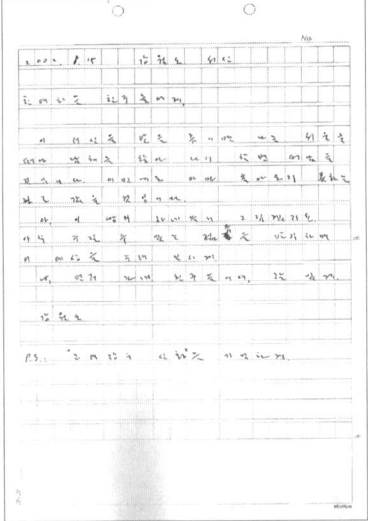

✳

친애하는 친구들에게.

이 서신을 받을 즘이면 나는 서울을 떠나 남해를 찾아 다시 한번 떠났을 것입니다. 이번에는 아마 돌아오지 못하는 길로 갔을 것입니다.

아, 이 땅의 자네들이 그립겠지요. 아직 누릴 수 있는 젊음을 만끽하며 이 세상을 누려 보시게.

나, 먼저 가네. 친구들이여, 잘 있게.

P.S: '고려장의 신화'를 기억하게

– 2002년 8월 15일 강월도 서신

2. 조병화 선생

서울로 올라오는 길에 그가 던지고 간 '고려장의 신화'를 곰곰이 생각해 보았다. 받긴했지만 알듯 모를 듯한 그의 메시지, 무엇부터 해야 하나 허둥대다가 시인 조병화(1921~2003) 선생님을 먼저 만나야겠다는 생각이 떠올랐다.

시인이기도 했던 강월도는 조병화 선생을 아버지처럼 모시며 매일같이 집필실에 들러 문안인사를 드리곤 했던 것이다.

혜화동 로터리에서 서울시장 공관으로 이어지는 경사진 골목 초입, 조그만 파출소 건너편에 있는 주유소와 붙어있는 3층짜리 건물에 조병화 선생님 집무실이 있었다.

당시 1층에는 중국 도서 전문서점이 있었는데 예전에는 '데미안'

강월도가 아버지처럼 찾았던 조병화 시인. 혜화동 집필실

이라는 이름의 레스토랑 자리였다. 그 건물 3층에는 고시원, 2층에 내가 대표로 있는 늘봄출판사가 있고, 같은 층에 조병화 선생이 계셨다. 계단 아래쪽으로 문이 난 반지하 사무실에는 복사실 겸 미술관이 있었는데 바로 강월도 선생의 사무실이었다.

조병화 선생님을 뵈러 계단을 올라가면서 강월도 선생 사무실 손잡이를 돌려보았다. 예상대로 굳게 잠겨있었다. 2층 조병화 선생 집무실 문을 조용히 노크했다. 마침 집무실에 나와 계셨다.

인사를 드리고 놀라시지 않게 잠깐 뜸을 들이다가, 오늘 있었던 일을 조용히 말씀드렸다.

조병화 선생님은 한동안 눈을 감으시고 말이 없으셨다. 이윽고,

"그 친구 결국 뜻대로 갔네."

하시며 조용히 일어나셔서 책장에서 당신의 시집 하나를 찾아 내게 펼쳐 보여주셨다.

철학 교수 강 박사의 죽음

이제 머지않아 65세의 퇴직이 되면

퇴직금을 일시에 받아서

쓰고 쓰고 하다가 쓰고 나머지로

목선(木船)을 한 척 살 겁니다

장작 한 더미를 살 겁니다

기름 한 통을 살 겁니다

술 한 병을 살 겁니다

이렇게 해서

어느 날 나의 철학으로 견디던 끝날

썰물에 배를 밀고 바다 한가운데로

술을 마시며 나갈 겁니다

그리고 술에 취해서 정신이 몽롱할 때

기름 뿌린 장작더미에 불을 지를 겁니다

그리고 배와 더불어 하늘로 하늘로

활 활 불이 되어 날아오를 겁니다.

-조병화 시집『고요한 귀향』중에서, 1998년 11월 28일

아니? 마치 강월도의 죽음을 예견이나 한 듯한 내용이었다. 판권을 보니 4년 전 발간한 시집이었다.

그랬다. 나도 몰랐던 건 아니었다. 강월도는 오래전부터 죽음을 계획했다. 언제부터인가 그의 글에는 죽음의 그림자가 어른거렸으며 틈날 때마다 강월도는 내게 찾아와 자기 죽음의 방법을 이야기하곤 했다. 나는 그의 말을 믿지 못했으며, 그런 말을 하는 강월도가 병든 사람처럼 귀찮기만 하였다.

한두 달 전 일이다. 혼자 사무실에 남아 야근하고 있는데, 창문밖에서는 요란한 소나기가 쏟아지고 있었다. 그때 문이 스르르 열려 깜짝 놀라 쳐다보니 시커먼 사람이 술 취한 듯 비틀거리며 사무실로 들어서고 있었다. 그는 내게로 돌진하듯 다가와 내 옆 소파에 쓰러지듯 털썩 주저앉았다.

비를 흠뻑 맞은 강월도 선생이었다. 그는 중얼거렸다. 아니 신음소리였다.

"배를 안 팔아, 아무도 내게 배를 안 팔아"

소름이 끼쳤다. 오늘도 어떤 항구로 갔는데, 그리고 목선(木船)을 하나 사서 바다로 나가 배에 불을 질러 죽으려 했는데, 자신에게 선주가 배를 팔지 않아 실패했다는 말이다.

언제부턴가 벌써 몇 번째 내게 하던 소리였다. 나는 그 말을 들을 때마다 그가 실성했다고 생각했다. 그런데 그가 결국 자신이 원하던 바대로, 바다로 나가는 데 성공한 것이다. 다른 방법을 찾았다. 비록 불타는 목선은 아니었지만.

3. 부고(訃告)

사고 며칠 후 알고 지내던 조선일보 문화부 승인배 기자에게 보도 자료와 함께 극작가 강월도의 투신 소식을 알렸다. 다음날 조선일보에 그의 죽음에 대한 첫 기사가 실렸고, 다른 신문 대부분에도 강월도 투신에 관한 다음과 같은 기사들이 실렸다.

"이보게 친구들, 이세상 마저 누려보시게 나는 먼저 가네…"
시인이자 극작가, 철학 교수 등으로 활동해 온 강월도(66) 씨가 최근 부산에서 제주로 가는 페리선상에서 바다로 투신, 실종됐다고 늘봄출판사 조유현 대표가 밝혔다. 당시 이를 목격한 한 승객이 신고했고 해경이 인근 해역을 수색했으나 찾지 못했다

◇강월도씨가 친구들에게 보낸 합성사진. 바다 투신을 예고하듯 물 속에 반쯤 몸이 잠긴 모습이다.

"여보게 친구들,
이세상 마저 누려보시게
나는 먼저 가네…"

시인 강월도씨 南海서 투신, 유서·그림 남겨

시인이자 극작가, 철학교수 등으로 활동해 온 강월도(66)씨가 최근 부산에서 제주로 가는 페리선상에서 바다에 투신, 실종됐다고 친지들이 밝혔다.

강씨는 지난달 21일 제주행 페리선상에서 바다로 투신했으며, 당시 이를 목격한 한 승객이 해경에 신고해 인근해역을 수색했으나 찾지 못했다고 친지들은 전했다. 선상에 남겨진 가방에서는 강씨의 유서가 발견됐다.

강씨는 8월 15일자로 친구들에게 부친 편지에서 "이 서신을 받을 즈음이면 나는 서울을 떠나 남해를 찾아 다시 한 번 떠났을 것입니다. 이번에는 아마 돌아오지 못하는 길로 갔을 것입니다. 아, 이 땅의 자네들이 그립겠지요. 아직 누릴 수 있는 젊음을 만끽하며 이 세상을 누려보시게, 나, 먼저 가네. 친구들이여, 잘 있게"라고 썼다. 그는 자신의 죽음을 예고하는 사진 한 점도 남겼는데, 중절모를 쓴 신사가 가슴까지 바다에 잠겨있는 모습이 묘사되어 있다.

독신인 강씨는 3년 전부터 페리슨병을 앓아왔다. 그의 시 '마지막 유희'에는 투병생활의 고통이 이렇게 묘사되어 있다. "카프카의 벌레2인/ 두 손과 두 다리를 허공에서/ 놀릴 수 있으나 다리와 허리에 힘이 없고/ 일어나지를 못하는 것이다."('공원벤치에 누워' 중)

경기중·고를 졸업하고 서울대 문리대 재학 중 도미한 강씨는 미 컬럼비아 대학에서 철학박사 학위를 받았으며, 오랫동안 미국에서 강의와 소극장 운동 등을 하다가 지난 88년 귀국했다. 귀국 후 한성대 철학과 교수로 재직하며 시집 '사랑 무한'과 희곡집, 철학논문집 등 다양한 분야의 저서 20여권을 남겼다. 2년 전에는 서울 예술의 궁 로터리 인근에 'DG미술관'(주로 박일두 화백의 그림을 전시)을 열어 시인, 평론가, 화가 등 예술인들과 폭넓게 교유했다. 조명화 시인은 "귀국 후 국내에서 인정을 받지 못한 채 독창적인 세계를 외롭게 개척해 온 예술인"이라며 그의 죽음을 애도했다.

/承仁培기자 lanell@chosun.com

고 전했다.

선상에 남겨진 가방에서는 김씨의 유서가 발견됐다.

강씨는 8월 15일자로 친구들에게 부친 편지에서 "이 서신을 받을 즈음이면 나는 서울을 떠나 남해를 찾아 다시 한 번 떠났을 것입니다. 이번에는 아마 돌아오지 못하는 길로 갔을 것입니다. 아, 이 땅의 자네들이 그립겠지요. 아직 누릴 수 있는 젊음을 만끽하며 이 세상을 누려보시게, 나, 먼저 가네. 친구들이여, 잘 있게"라고 썼다. 그는 자신의 죽음을 예고하는 사진 한 점도 남겼는데, 중절모를 쓴 신사가 가슴까지 바다에 잠겨있는 모습이 묘사되어 있다.

경기중·고를 졸업하고 서울대 사회학과 재학 중 도미한 강 씨는 미 컬럼비아대학에서 철학박사 학위를 받았으며, 오랫동안 미국에서 강의와 소극장 운동 등을 하다가 지난 88년 귀국했다. 귀국 후 한성대 철학과 교수로 재직하며 시집 『사랑 무한』과 희곡집, 철학논문집 등 다양한 분야의 저서 20여 권을 남겼다. 2년 전에는 서울 종로구 혜화동 로터리 인근에 'DG미술관' (주로 박일주 화백의 그림을 전시)을 열어 시인, 평론가, 화가 등 예술인들과 폭넓게 교유했다.

조병화 씨는 "귀국 후 국내에서 인정을 받지 못한 채 독창적인 세계를 외롭게 개척해 온 예술인"이라며, 그의 죽음을 애도했다.

■ 승인배, 조선일보 2002년 9월 5일

그로부터 석 달 후 강월도의 시신이 발견되었다. 나는 각 신문사에 부고기사를 돌렸다.

'철학교수 강박사의 죽음' 詩처럼 "윤심덕 뒤쫓아" 바다 투신한 듯

지난 8월 21일 부산에서 제주로 가는 페리 선상에서 바다에 투신, 실종된 강월도 씨의 시신이 동해에서 발견됐다. 13일 울릉도 근해에서 해경 경비정이 시신 일부를 찾았는데, 그 옷에 강 씨의 주민등록증과 명함이 들어 있었다. 해경은 "투신한 뒤 발생한 태풍으로 인해 시신이 해류를 타고 동쪽으로 밀려갔던 것으로 보인다"고

밝혔다. 강 씨의 친지와 지인들은 강 씨의 투신 100일째 되는 날인 11월 30일 '시인 강월도를 생각하는 추모모임'을 준비하고 있었다. 빈소는 서울 성북구 고려대병원 영안실에 마련됐으며, 발인은 18일 오전 11시.

■ 조이영, 동아일보 2002년 9월 16일

보도 자료: 부음

수신: 각 신문사 부음 담당 기자님

발신: 늘봄출판사 조유현

내용: 시인(전 한성대 철학과 교수) 강월도 교수 발인

아래와 같이 강월도 님의 부음을 알려드립니다.

지난 8월 22일 제주도 앞바다에 투신, 실종되었던 강월도 시인의 시신이 발견, 수습되어 오는 10월 18일 고대안암병원에서 발인한다.

• 고(故) 강월도 교수

본명 강욱(姜旭). 전 한성대 철학과 교수, 시인, 극작가

발인: 10월 18일 11시

장소: 고대안암병원 장례식장

• 경위

강월도 교수의 시신이 지난 13일 일요일 울릉도 18마일 지점에서 우리 해경 경비정에 발견되었다. 투신 이후 시신은 당시 심한 태풍에 동쪽으로 해류를 타고 밀려갔던 것으로 추정된다. 시신은 심하게 훼손되었으나 옷 속에 주민등록증과 명함이 발견되었다.

가족은 화장 후 오는 17일 고대병원(안암동) 영안실로 옮겨 2시부터 조문을 받고 내일 오전 11시 발인할 계획이다. 장지는 문막에 있는 가족묘. 본인은 화장 후 한강에 뿌려지기를 원했으나 불법.

강월도의 친구들과 친지들은 그동안 시신이 발견되지 않아 장례식을 열 수 없었다. 그래서 투신 100일째 되는 날인 11월 30일 '시인 강월도를 생각하는 추모모임'을 준비 중이었다.

연락처: 늘봄출판사 02-743-0000, 019-274-0000

4. 강추모

그는 왜 그렇게 죽어야 했을까?

그가 마지막으로 친구들에게 상기시킨 '고려장의 신화'는 어떤 의미였을까?

예고한 대로 강월도 선생의 투신 100일째 되는 2002년 11월 30일 저녁, 혜화동 늘봄 사무실에서 '시인이며 극작가 강월도를 추모하는 첫 모임(강추모)'을 열었다.

조병화 선생을 비롯하여 고정자 교수(한성대 도서관장), 정진수(성균관대, 연극평론), 김삼주(경원대, 문학평론), 김소양 대표(우리글 출판사), 김창유(용인대, 영화평론), 장석용(신일고, 영화평론), 김태원(동아대, 춤평론), 박인숙(한성대 무용), 박연규(경기대, 문학평론), 박상규(연세대), 박건우 박사(고대병원 주치의), 박동현(박일주 화백 아들), 안창식(경기고 50회 동창), 이철우(한성대 제자), 이태섭(용인대), 홍유진(동덕여대), 홍가이 박사, 황동근(서울예술대), 황두진(서울예술대), 한정희 관장(시문화회관) 등 그의 죽음을 안타까워하는 연극계, 학계, 문인들 20여 명과 가족대표로 금홍연(강월도의 막냇동생인 강건의 부인, 온두라스 거주) 씨가 모였다. 또 강월도와 똑 닮은 외사촌 박철수 감독도 왔다. 모두에게 낯선 장윤정 작가는 내가 불렀다.

묵념으로 행사가 시작되었고, 고(故) 강월도의 첫 시집 『태양을 위한 환상』에 나오는 두 편의 시 「북으로 창을 내고 싶소」와 「혜화 시인 공화국의 독립선언」은 내가 낭독하였다.

이어 강월도의 간략한 약력과 그간의 사고경위를 소개하였다.

미국에 사는 여동생이 오빠의 죽음을 접하고 보낸 추모의 편지를 읽었다.

나는 미국에 와서 전도사가 되었고, 오빠는 한국에서 명동성당에서 영세를 받고 열심히 신앙생활을 하였으나 미국에서 철학 공부를 하면서 신앙과 믿음을 놓친 것 같습니다.

1983년 오빠를 미국에서 만났을 때 내가 전도를 하면 '너나 조용히 믿으라'하셨고 나중에 파킨슨병으로 고생할 때 내 친구 순복음교회 김민지 전도사를 오빠에게 보내 전도해 달라고 하여 민지가 오빠를 만나 '회개하고 귀의'하라 했지만 오빠는 말했다 합니다.

"내가 철학자인데 어떻게 기독교인이 될 수 있느냐"

그러나 오빠가 물에 빠졌을 때 생명이 있는 동안 주님을 찾았을 것입니다.

십자가에 달려 돌아가실 때 옆 강도가 하나님 주님 살려달라고 했을 때

'너는 나와 함께 낙원에 있으리라'하신 말씀대로 오빠는 주님이 용서하시

고 사랑하시므로 낙원으로 불러주셨을 것을 믿습니다.

'가로되 예수의 나라에 임하실 때 나를 생각하소서 하니 예수께서 이르

시되 진실로 진실로 네가 나와 함께 낙원에 있으리라 하시리라' (누가복음

23장 42~43절)

　　　　　　　　　　　　　－가장 사랑했고 가장 사랑받았던 동생 태자 올림

　그리고 강월도의 '시 세계'를 김삼주 교수가, '학문의 세계'는 김

태원 교수가, '사업과 그림의 세계'는 김상문 교수가, '미국에서의

생활'은 박상규 교수가 소개했고, 박건우 고대병원 주치의는 그간

의 투병생활을 소개했다. 이어서 김삼주 교수를 위원장으로 선출하

고, 총무는 내가 맡는 것으로 모임의 꼴을 갖췄다. 이어 위원장의

사회로 강월도의 첫 만남과 각자의 인연을 소개하며 그와 얽힌 추

억을 이야기했다.

　대체로 그의 천재성에 관련된 에피소드와 미국에서 자신들을 도

와주었던 일화들, 그리고 문화계와 좌충우돌하며 끼친 고언과 기행

의 말들이 있었다. 나는 중간에 그가 마지막 던지고 간 '고려장의 신

화를 기억하게'의 의미를 모두에게 물어봤지만 아무도 대답을 하지

못했다.

이날 모임에서는 무엇보다 매년 오늘 11월 30일 '강추모' 모임을 갖기로 했다. 이어서 그의 작품집 재발간과 추모 연극제를 개최하자는 논의가 있었다. 혜화동 102번지 사무실 초입에 조병화 선생님과 함께 「혜화 시인 공화국의 독립선언」의 시비를 건립하자는 이야기도 있었다. 또한 35세에 자살한 일본 근대문학의 대표자 아쿠타가와 류노스케(芥川龍之介, 『라쇼몽』의 작가)를 기리는 문예춘추사의 '아쿠타카와 상'처럼 한성대 주관으로 '강월도 문학상'을 추진하자는 기발한 아이디어도 나왔다.

그날은 모두들 진솔했고 진지했다. 비운의 강월도를 위해 모든 것을 다 이룰 듯했다. 그러나 기금마련이 문제였다. 문예진흥기금 신청은 끝난 뒤였고, 강추모 회원들이 십시일반으로 걷을 회비는 턱없이 모자랐다. 참석자 대부분 문화계 전문가들이었지만 누구도 나설 수 있는 뾰족한 방안은 없었다.

이때였다. 뒤에서 한 여인이 조용히 손을 드는 모습이 보였다. 내가 초대했던 장윤정 작가였다. 모두들 '저 여자는 누군가? 그리고 이 상황에서 어떤 이야기를 하려고 하나' 쳐다보았다. 장윤정 씨는 소곤소곤 말했다.

"전 강월도 씨를 조금 알고 있는 장윤정이라고 합니다. 어떻게 강월도 씨가 저에게 유언으로 몇 가지 물건을 남겼는데, 최소 1억 원은 할 박일주 원본 그림 11점과 현금 3,000만 원을 '강추모'에 기증하겠습니다.”

순간, 다들 귀를 의심했다. 무슨 말인지? 무엇보다 '저 여자가 누
군지?' 궁금해하는 눈치들이었다. 장내가 조용해졌다. 그녀를 초대
했던 나도 당황스러웠을 정도였다.

곧이어 누군가 감사하다고 했고 박수를 유도했다. 아는 분들은
상황 짐작을 했고, 여기에 당당히 나선 것이 대단한 여자라고 생각
들 했다.

그날 자리는 다음번 모임을 기약하며 그렇게 의아하게 끝났다.

그 후 다들 바쁜 관계로, 아니 총무였던 나의 게으름과 무책임함
으로 '강추모'는 다시 모이지 못했다. 그래서 그날 논의되었던 '강월
도 문학상'도 '혜화동 시비'도 더는 진행되지 못했다.

결국 기증 약속받기로 한 박일주 원본 11점도, 현금 3,000만 원
도 강월도와 함께 잊혀졌다.

34

5. 유품정리

나는 강월도가 바다에 투신한 후('강추모'가 열리기 전) 며칠 동안 강월도 사무실에서 그가 남기곤 간 수천 권의 책들, 수십 년 된 온갖 서류들과 씨름하고 있었다.

한국에서 홀로 지내던 강월도 선생의 유품들을 정리하여야 했던 일을 맡았기 때문이었다. 정리 작업은 제자 이철우 씨가 도서관으로 기증될 도서정리 일을 도왔고, 가족대표로 온두라스에 거주하던 강월도 동생의 부인 금홍연 씨가 한국에 남아 재산들의 목록을 만들었다. 내가 할 일은 투신 전 강월도 선생이 꼼꼼히 적어놓은 유서대로 집, 보증금, 그림, 책, 은행잔고, 부채 등의 유품들을 처분하는 일이었다.

그때 회사일을 마치고 밤마다 죽은 강월도의 사무실에 들어서자면 왠지 찝찝한 기분이 들었다. 왜 내가 이 귀찮은 일을 해야 하는지 짜증이 나기도 했다. 솔직히 그를 별로 좋아하지도 않았는데, 강월도가 우리 출판사에서 몇 권의 시집과 철학서를 낸 필자이기도 했지만, 어렵게 간 강월도의 뒷정리를 도와주라는 조병화 선생님의 권유가 없었더라면 모른 척 했을 일이다.

작업을 하던 어느 날은 강월도 사무실로 커다란 물건들이 배달되었다. 그가 생전에 청와대, 백악관, 영국의 소더비 미술경매장 등으로 보냈다가 반송된 소포들이었다. 모두 이중으로 된 나무박스로 튼튼하게 포장한 것들이었는데, 박스를 뜯어보니 모두 그림들이었다. 오랫동안 DG미술관 겸 자신의 사무실에서 전시를 하였으나 팔리지 않았던 재불 화가 박일주의 세밀화들이었다.

전시회 때 나도 몇 번이고 불려가서 '몇 점 미리 사두라'며 그 그림의 가치에 대해 설명을 듣곤 했던 대형 그림들이었다. 그러나 작은 것 30, 40호의 가격이 수천만 원대, 결국 한 점도 제대로 팔지 못하고 미술관은 문을 닫아야 했다.

강월도는 자신의 죽음을 계획하고 금년 초부터 그 그림들을 국내, 국외 유명 공공미술관 등에 기증형식으로 보냈던 것이다. 그러나 대부분 받아들여지지 않고 반송되어 왔다.

안에는 강월도가 써 보냈던 편지들이 그대로 남아 있었다.

그림을 보냈던 명단들

1. Secretary-General of UN, New York, N.Y., U.S.A.

2. 대한민국, 대통령 President of the Republic of Korea, Seoul, Korea

3. President of the U.S.A, Washington, D.C.

4. President of the Republic of France, Paris, France

5. Prime Minister of Japan, Tokyo, Japan

6. President of Colombia University, New York, N.Y., U.S.A.

7. President of Indiana University, Bloomington, IN, U.S.A.

8. President of Leopold Schepp Foundation, New York, N.Y., U.S.A.

9. 경기중·고등학교, 교장 (대한민국, 서울)

10. Sotheby's 34-35 New Bond Street London,W1A 2AA England, U.K.

11. Christie's 8 King Street St James's London SWIY 6QT England, U.K.

그림과 함께 보냈던 편지 중 한국 대통령께 보낸 것을 소개한다. 미국 대통령에게 보낸 영문 편지는 뒤편 부록 편 ⟨① 편지⟩ 참조.

✳

대한민국 대통령 각하

무엇보다 먼저 제가 태어난 나라에 빚을 갚아야 하겠지요.

그 나라는 조선 반도 남단에 있는 대한민국입니다. 유학을 가기 위해 1950년 고등학교를 졸업하고 대학 1학년에 전쟁에 폐허가 된 나라를 떠났습니다.

나의 귀국은 계속 지연되었고, 1987년 33년이라는 해외에서의 긴 방황을 끝내고 귀국했습니다. 돌아온 조국은 정치적으로 민주화를, 경제적으로 안정감을 찾아가고 있었다고 할까.

박일주의 그림 "아름다운 계절의 풍경" #1을 대한민국의 대통령께 보냅니다. 아름다운 그림을 청와대에 보관하거나 미술관에 보관하는 것은 대통령께서 결정하십시오.

화백 박일주(1910~1994)는 사실 그의 나이 40세 이후로는 일본 동경과 프랑스 파리에서 해외 생활을 했으나, 그가 일본 동경 문화학원(文化學院)에서 공부한 후 귀국하여, 20대 말에서 30대 초까지 5년(1937~1942) 동안 서울에서 7회의 전시회를 했었고, 파리에 머무르면서도 그의 생애 마지막 8년 동안 조국에서 전시하시려고 4회나 서울에 직접 작품을 가지고 나오시기도 했습니다.

신기한 것은 박일주는 이중섭(박일주의 동경 문화학원 후배), 김환기, 박수근 등과 같이 서양 문화와 접하기 시작한 초기의 몇 안 되는 선각자적인 화가인데, 그의 그림은 한 점도 한국 미술관에 소

38

장 전시되어 있지 않다는 것입니다.

(과천에 있는 국립현대미술관에 몇 점은 있어야 할 것 같은데 한 점도 없고, 내가 박일주에 대한 자료를 보내 주고 그의 작품에 대해 협의를 하려 했으나 미술관 쪽에서 별 관심을 보이지 않았습니다. 다시 한 번 교섭해야 할 것 같습니다.)

–2002년 1월 1일 강월도

강월도의 유언서 중 도서관으로 보낼 기증목록

강월도(본명: 강욱)

"기증목록"

1. 철학 영문판 원서(Paperback) – 대학원 학생·학자의 필수 철학 도서 – (450여 권)
2. 세계 연극의 영문판 희곡(독서용)과 이론서(Paperback) – (500여 권)
3. 세계 문학의 영문판 소설(간행도서, 한글판) – (700여 권)
4. 한국 연극의 희곡집(간행도서, 마스터판) – (250여 권)
5. 청도 박일주의 회화, 전성기(40~50대)의 대표작 30점 중 걸작선 인쇄 복사본(offset Prints) 12점 – 24장(2벌)
   특권이 있다면 1벌(12작품)을 나 자신이 자주 걸어 다니던 한성대 우촌관 1층 한적한 복도 끝 서쪽 벽에 전시·설치할 기획·디자인이 있음. 경비: 액자, 설치비, 조명 등의 비용으로

500만 원 예상

6. 박물관용 아날로그(Analogical) 기계 — 2개

   #1. IBM Correcting Selectric II (Typewriter)

   　−첨부: IBM English & Remingten Korean Elements
   　　(Balls)

   #2. Smith Corona Coromatic 2,500 (Electric Typewriter)

7. 연극공연 포스터(주로 미국 1960~1980년도, 중형) — (300여 장)

8. 연극공연 프로그램(주로 미국과 한국 1969~1990년도) — (600여 권)

   (미국 자료는 한국에서 구하기 어려운 전국 근대 미국 연극사 자료)

6. 낯선 여인

나는 강월도 사무실 정리 작업을 하면서 여자들과의 묘한 관계도 겪었다.

강월도가 남긴 수천 권의 책들을 강월도 선생이 재직했던 한성대와 동네 도서관으로 보내고 금홍연 씨와 마지막 정리를 하던 어느 날 밤이었다.

안에서 사무실 문을 잠가놓고 작업 중이었는데 밖에서 문이 딸깍딸깍 거리는 소리가 들렸다. 놀라서 쳐다보니 잠긴 사무실 문이 스르르 열리며 검은 선글라스를 낀 젊은 여성이 들어서는 것이었다. 나와 금홍연 씨는 아는 사람인가 싶어 서로를 쳐다보았다.

30대로 보이는 미모의 여성이었다. 이 시간에 주인도 없는 이 사무실로 들어설 이유가 궁금했다.

그녀는 반 지하 사무실의 좁은 계단을 조심조심 내려왔다. 잘못하면 머리에 부딪힐 듯 낮게 드리워진 기둥을 손으로 집고, 고개를 숙이며 들어서는 모습이 이곳에 꽤 익숙해 보였다.

"무슨 일이시죠"

나와 금홍연 씨는 동시에 물었다.

그녀는 그림이 걸려 있었던 빈 벽들을 죽 살피는 기색이었다.

"누구를 찾아오셨어요?"

금홍연 씨가 물었다.

"강월도 교수님 제자신가요?"

내가 이어서 물었다.

"예, 강월도 씨와 좀 아는 사인데요"

선글라스도 벗지 않고 '강월도 씨'라는 호칭을 택한 그녀의 모습이 좀 불쾌했다.

"강월도 씨는 안계신데요."

퉁명스럽게 말했다.

그녀는 주위 복잡한 사무실 모습과 싸늘한 금홍연 씨의 표정에 당황한 듯 머뭇거리다가

"알고 있습니다. 그냥 지나가다가 사무실에 불이 켜져 있기에 들려 봤어요. 그럼 수고하세요."

하며 발길을 돌려 나가는 듯하다 망설이는 듯 다시 돌아섰다.

"여기 그림?"

하면서 벽을 가리켰다. 강월도 생전에 그림으로 가득했던 벽이었다. 그러나 지금은 모두 포장되어 한쪽 구석에 놓여있었다.

"여기 걸려 있던 박일주, 함인규 선생님 그림은 제 것이었는데…."

하면서 자신의 백을 열고 주섬주섬 서류뭉치를 꺼내 보이며 말했다.

"제가 장윤정인데요"

'장윤정?'

새로운 상황에서 놀란 나는 그 서류를 받아 보았다.

서류 앞장에는 '유언공정증서'라는 제목에 '정본'이라는 도장이 찍혀있었다.

아래에는 '유언자 강욱, 수유자 OOO, OOO, 장윤정'이라고 분명히 쓰인 공증 받은 종합법무법인 발행의 유언장 복사물이었다.

뒷장에는 강월도의 남은 재산과 성북동 자택의 처분방법, 소유한 도서의 기증처와 목록이 빼곡히 적혀 있었다. 영문판 철학책과 희곡집은 한성대로, 시집들은 혜화동 시집 도서관으로 보내라는 문서 다음 장부터 수증자와 목적물, 유언에 의한 증여 내용, 유언집행자의 지정에 이어 형제와 가족의 이름과 상속받을 내용이 적혀있었다. 그 가운데, '성북동 집 전세금 중 1,000만 원, DG미술관 소유권과 가계 보증금 2,000만 원, 박일주 원본 그림 30여 점 중 앞에 지정한 11점에 관해서, 유언자는 다음의 수증자에게 기재와 같이 유언에 따라 증여하였다. 수증자: 장윤정'이라고 정확히 적혀 있었다.

홍연 씨와 나는 이 상황이 놀라울 따름이었다. 사실 똑같은 그 유언공증서류 복사물은 우리도 가지고 있었다. 우리는 그것을 바탕으로 재산 정리 작업을 하고 있었던 것이었다. 다만 수유자로 기재된 장윤정이 누군지 몰랐을 뿐이었다.

사실대로 말하면 나는 '장윤정'이라는 이름이 '강월도의 친척'이거니 여기며 별 관심이 없었다. 나중에 보니 홍연 씨는 알고 있었던 듯 했다. 하지만 나는 궁금하지도 않았을 뿐이었다.

그 여자가 지금 나타난 것이다.

"제가 장윤정인데요."하면서 그녀는 가방에서 주민등록증을 꺼내 보였다.

장윤정 6707…, 나는 속으로 생각했다. 그럼 34~5살?

홍연 씨가 나섰다.

"강월도 씨가 우리 아주버님 되시는데, 댁과는 어떤 관계죠?"

여자로서 뭔가를 눈치 챈 듯 홍연 씨의 말투는 단도직입적이었다. 경멸적이었으며 따지는 듯싶기도 했다.

나는 그제야 '앗' 뭔가를 눈치 챌 듯 했다. '여자구나…'

'바쁘실 텐데 다음에 다시 오겠습니다.' 라는 말을 남기며 당황한 듯 그녀는 나가버렸다.

한동안 나와 홍연 씨는 말을 잃었다. 나는 뭔가 일이 일어나고 있음을 그때서야 눈치 챘으나 '설마 저 젊은 여인이…', 그래도 내가 알 바는 아니었고, 내가 해결해야 할 일은 분명히 아니었다. 모른 척 하는 것이 옳다고 그때는 생각했다.

그녀가 사라지고 한참 뒤 홍연 씨가 먼저 입을 열었다. 그날 늦게까지 홍연 씨는 강월도에 관한 섭섭한 이야기들을 신들린 듯 쏟아놓았다. 그의 가족관계, 오랫동안 아프셨던 어머님을 장남인 강월도 대신 자신들이 돌본 이야기, 하지만 정작 강월도는 한 번도 어머니를 찾지 않아 화났던 일들, 그리고 무엇보다 어머니 장례식도 참석하지 않은 일들을 내게 하소연하듯 쏟아놓았다.

경북 청도의 대단했던 강월도의 어머니 박 씨 가문과 일제강점기 때 고등고시에 수석을 하고 대법관을 지냈지만, 한국전쟁에 납북되었던 강월도 아버지의 사연들을 어떤 때는 자랑스럽게 어떤 대목에서 분개하며 홍연 씨는 밤새도록 말을 이어나갔다.

그로부터 며칠 뒤 이번에는 장윤정이라는 미지의 여인이 불쑥 우리 사무실로 나를 찾아왔다. 여전히 선글라스를 끼고 있었다. 한동안 그녀를 개별적으로 만나면서 그녀에게서 '강월도 씨'에 관한, 강월도가 그녀에게 한 또 다른 이야기를 들을 수 있었다. 도발적으로, 어떤 때는 그래서 듣기 힘들 정도로….

'아, 이것을 글로 남기면 좋겠구나'라는 생각을 그때 처음 했었다.

금홍연 씨는 그 여자에게 단호했다.

그해 여름, 나는 서로 만나려 하지 않는 묘령의 두 여인 사이에서 말을 들어주고, 맞장구치고, 서로에게 이견을 전달하고, 조정해야 하는 묘한 역할을 맡아야 했다.

강월도 추모모임 때 오지 않을 것을 예상하며 나는 장윤정 씨도 초청했으나 나타났다. 그녀는 피카소의 여인 재클린처럼 강월도의 마지막 여자였다.

강월도의 좋았던 날보다 아팠던 날을 더 많이 했으며, 마지막 날도 함께했던 여자였다. 강월도 마지막 일기의 '정아 열어줘…'였으며, 강월도 마지막 시(詩) 속의 '문'이었다. '열리지 않는 문' 평론가들은 '아버지'로 해석했지만….

다음은 강월도의 희곡 중 일부, 당시 젊은 여자들을 설득하면서, 그녀들과의 편지에 많이 나타나는 고급 문장들, 플라토닉과 에로스의 대화 〈향연, 사랑의 신 에로스〉이다.

오늘날 막스의 『자본론』도 연극으로 만들어져 흥행하는데, 플라톤의 〈향연〉이 강월도의 뮤지컬로 만들어져 무대에 오를 날을 꿈꾸어 본다.

✳

〈제1막 제1장 아가톤의 집으로〉
나오는 인물들

1   소크라테스(Socrates, 54세. 철인)

2. 디오티마(Diotima, 30세의 미녀. 에로스의 사자)

3. 아가톤(Agaton, 29세. 비극 시인)

4. 알키비(알키비아데스, Alkibiades, 30세 초반, 정치인)

5. 아파네스(아리스토파네스, Aristophanes, 35세, 희극 시인)

6. 에뤼크시 (에뤼크시마코스, Euroximachos, 50세, 의사)

7. 파이드로스(Phaidros, 45세, 변론 애호가)

8. 파우사니(파우사니아스, Pausanias, 20세, 아가톤의 애인)

9. 아데모스(아리스토데모스, Aristodemos, 30세, 소크라테스의 제자)

10. 시중드는 소년

11. 광대들

역사적으로 신화적인 플라토닉 러브(Platonic Love)라는 순수 사랑의 개념은 『향연(Symposium)』에서―또는 그것의 오독/오해에서―유래한다고 한다. 그 순수 사랑은 우리 '중생'들이 갈구하는 그런 사랑이 전혀 아니라는 것이다. 그 순수 사랑이 무엇이라고 생각하든.

『향연』에서 플라톤이 소크라테스의 입을 빌려―후자는 또 디오티마라는 여인의 입을 빌려―설명한 사랑의 극치, 궁극적인 사랑은 소크라테스의 생애를 통해서 볼 수 있듯이, 우리 '중생'들이 느끼고 추구하는 사랑을 부정하는 개념이 절대로 아니다.

우리가 통속적으로 오해해서 말하는 플라톤의 순수 사랑은 비구니의 명상 또는 신을 향한 수녀의 순수한 사랑(agape)에 가까울 것 같다. 『향연』에서 소크라테스가 말하는 사랑의 극치는 우리 중생의 사랑을 살아본, 그리고 살아보는 과정에서 도달할 수 있는 것이라고 본다. 그곳에서이지, 그것을 떠나거나 초월해서가 아니다.

이 연극의 알키비아데스는 소크라테스의 마지막 극적 대결에서 소크라테스, 그의 사랑을 잘 이해하기도 했지만, 동시에 오해하고 있기도 하다. 그것이 가장 좋은 의미에서의 희극이라 할 이 연극의 비극적 찰나이다….

(부록 편 참조, ② 향연)

7. 봉인, 타오르던 불꽃을 잊듯이

강월도 사무실의 정리가 끝나고 집주인에게 열쇠를 건네기 전, 그리고 이삿짐 차가 떠나기 전, 그의 사무실을 마지막으로 둘러보았다.

20편 남짓한 반 지하, 복사실과 갤러리, 그리고 사무실 그렇게 세 칸으로 나누어진 DG미술관. 그 많던 책들은 다 어디로 갔는지? 강월도가 마지막까지 거처한 텅 빈 사무실, 남은 것은 바닥에 떨어진 팸플릿과 서류들, 찢겨 떨어져 나간 미국 주간지 표지들로 지저분했다.

한쪽에 굴러다니는 조그만 책자 하나가 눈에 띄었다.

양장 표지에 『太陽을 위한 幻想』이라는 제목이 쓰인 낡은 시집, 지은이를 보니 '강욱'이었다. 놀랍게도 강월도가 고등학생이던 1954년에 펴낸 것이었다.

「太陽을 위한 幻想」 1954년 초판, 표지화 : 변종화

이런 책이 다 있었구나 싶어 나는 한편 구석에 마련된, 그동안 정리를 하면서 누구에게 줄 수도 버릴수도 없는 영문서류들, 사진들, 비디오테이프와 잡지, 책자들과 낡은 편지뭉치들을 한데 모아 놓은 라면 박스에 넣었다.

그렇게 주워담은 물건들이 박스로 서너 개나 모였다. 버릴까 말까 고민하다가 결국 박스에 담긴 물건들은 테이프로 봉해진 체 내 사무실의 구석진 창고로 옮겨졌다.

며칠 후 굳게 잠긴 DG미술관 문 앞에는 '휴관'을 알리는 낡은 종이와 그 위에 누군가가 흘려 쓴 편지만 남아 있었다.

힘드신 줄 알면서도 끝까지 함께 해 드리질 못했군요.
부디 깊은 심연 속에서도 저희를 잊지 마시고 아무도 간섭하지 않는 안식
을 누리십시오.

-선생님을 좋아했던 제자

그 후 그 옛날 훨훨 타오르던 불꽃을 잊듯이, 작년 눈 속에 찍힌
발자국을 잊듯이, 강월도를 잊듯이, 궁금했던 '고려장의 신화'도 함
께 까마득하게 잊었다.

10여 년이 지난 올해 2013년 2월 20일까지.

8. 박철수 감독의 약속

2013년 2월 20일 오후, 나는 분당 서울대병원 영안실을 찾았다. 전날 교통사고로 갑자기 세상을 떠난 박철수 감독을 조문하기 위해서였다.

박철수 감독은 1948년 경상북도 청도 출생으로 성균관대학교 경상대학을 졸업한 후 대기업을 다니다가 1979년 돌연 감독으로 데뷔한 사람이었다. 데뷔작은 〈밤이면 내리는 비〉. 그는 그 작품으로 그 해 대종상, 백상예술대상 신인감독상을 수상했다. 다음 해인 1980년에는 MBC TV 드라마 PD로 입사하였고, TV문학관을 만들면서 최고의 인기를 누렸다. 그러다가 1988년 갑자기 방송국을 그만두고 영화에 다시 복귀하여 모순되고 어려운 사회 문제들을 새로운 실험정신으로 유쾌하고 대담하게 표현해내면서 한국의 대표적인 중견 감독으로 자리를 잡았다.

1995년 영화 〈301, 302〉가 호평을 받고, 1996년 〈학생부군신위〉가 몬트리올영화제 최우수 예술 공헌상을 받으면서 전성기를 누린 그는, 한국 최초 디지털 장편영화 〈봉자〉와 한국 최초 3D 음향을 사용한 영화 〈녹색 의자〉를 감독하면서 새로운 시도를 거듭했다. 이후 '박철수필름'을 설립하고 후학양성을 위해 박철수 영화 아카데미를 설립하는 등 한국영화의 질적 향상을 위한 노력을 멈추지 않았다.

그러던 그가 2013년 2월 19일 새벽, 신작 〈러브 컨셉츄얼리〉 영화 작업을 마치고 귀가하던 중 경기도 용인시 수지구 죽전동의 한 건널목에서 음주운전 차량에 치여 별세하고 말았다. 그의 나이 향년 65세였다.

박철수 감독이 사고를 당한 2013년 2월 19일은 방학 중이었지만 신입생 오리엔테이션이 있어 강원도 태백의 한 스키장으로 가던 중이었다. 거의 도착할 때쯤 휴대전화로 문자가 와서 확인해보니 박철수 감독이 보낸 것이었다.

박철수 감독님 오늘 아침 교통사고로 사망. 분당 서울대병원, 21일 발인

차를 갓길에 세웠다. 기가 막힌 내용이었고 잠시 어리둥절했다. 다시 한 번 보낸 사람을 확인하고 문자를 꼼꼼히 읽어보았다.

잠시 후 박철수 감독이 화를 당했고, 누군가 박 감독 휴대전화로 저장된 모든 번호에 부고를 보냈을 것이라는 생각이 미치자 만감이 교차했다.

다음날 나는 학교 행사를 마치고 하루 일찍 서울로 향했다. 집에서 옷을 갈아입고 박철수 감독 영안실에 도착했다. 즐비한 조화들, 같이 간 영화관계자들과 조문을 마치고 식사자리에 앉았다.

자리로 찾아온 박철수 감독의 영애 가영 양과 입대를 앞두고 있었던 영식 지강 군에게 아버님 후배라고 조의를 표하고, 박 감독에 관한 이야기를 잠깐 주고받았다.

마지막으로 도와줄 것이 없는가를 묻는 나의 말에 딸 가영은 뜻밖의 말을 건네었다.

'아버지 연구실에 있는 영화 테이프와 수많은 자료를 어떻게 할지 모르겠다'는 고민이었다.

'잘 보관해라(박 양은 그때 잘나가는 스마트폰 회사에 근무하고 있었지만), 꼭 영화학과 대학원에 진학하여 아버지가 남긴 자료로 박사논문도 쓰고 교수가 되라'는 엉뚱한 충고도 건넸다. 또 자료를 보관할 곳이 없으면 내게 연락하라며 명함을 건넸다. 그러면서 불현듯 머릿속에 그때 내가 창고에 따로 보관했던 강월도의 남은 자료들은 어떻게 되었지? 하는 생각이 들었다. 그리고 정말 묻고 싶었던 질문을 두 형제에게 했다.

"혹시 강월도라고 들어보았어요?"

둘은 고개를 저었다.

"친척인데?"

그래도 그들은 전혀 모르는 이름이었다. 박 양이 대답했다.

"혹시 고향 청도에 계신 박익수 삼촌은 아실지 몰라요"

조문을 마치고 나오면서 나는 박 감독과 지난 일들을 생각해 내었다.

사실 나는 평생 몇 번 그와 만났을 뿐이었다. 하지만 나와 박철수 감독은 묘한 인연이 있었다. 그와의 10년 전 일들이, 그와의 대화가 새록새록 기억되었다. 그는 죽으면 안 되었다, 나와의 약속이 있었는데….

내가 박철수 감독을 처음 만난 것은 지금으로부터 10여 년 전이었다. 강월도 선생 투신 100일째가 되는 2002년 11월 30일 저녁, 혜화동 우리 사무실에서 열린 '시인 강월도를 생각하는 추모 모임'에서였다.

그는 강월도의 어머니인 박옥출 여사의 조카였다. 그러니깐 강월도와 박철수 감독은 서로 외사촌지간이었다.

강월도도 생전에 내게 몇 번이고, '오늘 박철수 감독을 만났지, 알고 보니 내 사촌이었어' 또는 '박철수와 같이 여행하고 왔다'며 자랑하곤 했던 기억이 있다. 또 강월도는 박 감독에 대한 자랑뿐만 아니라 애정, 그리고 자신이 박 감독의 작품에 끼친 영향에 대해서 말했다. 하지만 나는 한쪽 귀로 듣고 한쪽 귀로 흘렸다.

나는 그 외에는 별로 박철수 감독을 잘 알지도 못했고 관객으로 이외에는 박 감독을 만날 일도 없었다.

박철수 감독은 그날 '강추모' 행사에서 자신을 강월도의 외사촌 동생이라 소개하며, 언젠가 강월도가 자신을 찾아와 자기가 사촌이라며 자신의 작품들을 날카롭게 평하여 준 일화와 미국에서 귀국한 컬럼비아대학 철학박사이자 천재 극작가로 알려진 분이 자신의 형이라 자랑스러웠던 기억들을 솔직하게 털어놓았다. 그 후 자신의 촬영장에도 초대하고 청도 고향집에도 함께 다녀오는 등 꽤 가깝게 지냈다고 말했다.

박철수 감독 생전의 모습(2011)

나는 당시 '강추모'를 주관했고, 또 그때 '월간 삶과꿈'에서 강월
도에 관한 추모의 글을 청탁받아 자료를 구하고 있던 때여서 가족
으로서 유일하게 참석했던 그의 존재가 눈에 띄었다.

며칠 후 박철수 감독을 충무로의 한 카페에서 만났다. 그와 대화
를 하며 가까이서 접해보니, 부은 듯 통통한 외모와 낮게 깔리는 어
눌한 말투는 강월도와 놀랍도록 닮았다는 인상을 받았다. 그뿐만이
아니었다.

그날 이후 두어 번 더 만나 들었던 강월도와 박철수 감독에 얽힌
이야기는 재미있기도 했지만 놀라웠다.

강월도는 귀국하여 첫 번째 공연작품으로 자신의 희곡 〈어쩐지
돌연변이〉를 실험극장에서 올리며, 자신의 존재를 알리고 싶어 할
때였다. 그래서 고등학생 때 출간하며 자신을 천재 시인의 반열에
올려놓았던 첫 시집 『태양(太陽)을 위한 환상(幻想)』을 재출간하여 다
시 한 번 세상에 자신의 존재를 재현해보려 할 때였고, 각계각층 한
국의 지인들을 열심히 찾아다니던 때였다. 한창 드라마 PD로 이름
을 날리던 박철수 감독과의 만남도 그때였다.

강월도의 연락으로 처음 만나 서로 사촌지간임을 알게 된 박 감
독은 당시 강월도의 인상을 말해주었다.

형님은 나의 영화들을 장면 하나하나 평가해주며 나의 의도를
꼼꼼히 꿰뚫어 보아 그의 혜안에 반했지. 언젠가 내가 〈테레사

의 연인〉을 찍을 때였는데, '그 영화 봤어요?' 바람난 아버지와
두 아들의 대면 장면이 나오는데, 아버지는 아들들에게 오히려
자신을 더 세게 욕하라는 대사는 사실 강형의 아이디어였어요.
그 영화에 주제가들이 좋았는데 모짜르트의 '디베르티멘토(嬉
逾曲)'와 '이별의 노래'가 깔리고…, '들어봤어?' 김도향이 부르
는 주제가를 형님하고 술 먹고 같이 부르곤 했지.

바위는 남자 나무잎은 여자

바람은 슬픔 비는 그리움

하늘엔 종달새 내 마음은 외로움

내 사랑 있는곳

오~! 랭그리팍!

사랑은 강물 지난날은 눈물

맹세는 소리 꿈은 메아리

하늘엔 종달새 내 마음은 외로움

눈물로 아롱진

오~! 랭그리팍!

어제는 옛날 오늘은 단 하루

내 님은 태양 그리워 또 빛나

하늘엔 종달새 내 마음은 외로움

지금도 보인다

오~! 랭그리팍! ”

—랭그리 팍(Langley park)의 회상, 김도향

그 후 박 감독은 강월도 박사과 함께 고향인 청도집에도 다녀오고, 함께 술도 많이 마시러 다녔다고 말했다.

계속해서 강월도와의 만남을 회상하는 박 감독의 말이다.

당시 방송국을 그만두고 경치 좋은 곳으로 자살여행을 떠난 적이 있었는데, 언젠가 방문했던 촬영 장소였어. 낙조(落照)가 훌륭했던 호수였는데, 갔던 날은 얼음이 얼어 있어 자살을 포기했지. 그 후 한 제작사에서 임상수를 조감독으로 하여 'TV문학관'을 외주 받아 만들 때로 기억해. 안성기, 배종옥과 함께 일본으로 가는 선상에서 촬영할 때였는데, 대한해협의 낙조가 아주 좋았어. 배에는 내가 초대해서 강월도 형님도 함께 했는데 그때 선상 의자에 나란히 앉아 마침 수평선 끝에 걸린 낙조를 서로 바라보며 감탄하고 있을 때였어. 어느 순간,

'사의 찬미도 이 순간이었겠지'하면서 형님은 잔잔히 노래를 부르는 거야.

광막한 황야에 달리는 인생아

너의 가는 곳 그 어데냐

쓸쓸한 세상 험악한 고해(苦海)에

너는 무엇을 찾으러 가느냐.

웃는 저 꽃과 우는 저 새들이

그 운명이 모두 다 같구나.

삶에 열중한 가련한 인생아

너는 칼 위에 춤추는 자로다

허영에 빠져 날뛰는 인생아

너 속였음을 네가 아느냐

세상의 것은 너에게 허무니

너 죽은 후에 모두 다 없도다.

눈물로 된 이 세상에 나 죽으면 그만일까

행복 찾는 인생들아 너 찾는 것 설움

익숙한 곡이라 누구 노래냐 물어보니 윤심덕이 부른 〈사의 찬
미〉 라는 거야. 나중에 찾아보니 곡은 〈다뉴브 강의 물결〉이
었어.

'나도 그 순간 이 형도 항상 나처럼 죽음을 준비하는 구나' 생각
했어.

그 날 형님과 죽는 모습, 장소에 관한 많은 이야기를 나눴지.
동굴 속에서 모태(母胎)같은 아늑한 죽음을 맞을 것이라는 형님
의 아이디어는 놀라웠어. 생각해 보니 그날 형님과 추모 모임
때 조유현 씨가 물어본 유서의 고려장에 관한 이야기도 했었던
것 같아.

사실 영화 〈학생부군신위〉를 처음 구상한 것도 형님과 고향 청
도집 문상을 다녀오던 그때였어.

박 감독의 대표적인 영화 〈학생부군신위〉가 개봉할 당시 신문기
사는 이랬다.

〈학생부군신위(學生府君神位)〉는 1996년 박철수필름이 제작했
고, 김상수가 각본을 썼다. 감독 박철수(朴哲洙)가 직접 큰아들
역을 맡고 방은진, 최성, 문정숙, 권성덕, 김일우, 박재황, 추귀
정 등이 출연하였다. 상영 시간은 119분. 황지우(黃芝雨)의 시
「여정(旅程)」에서 모티브를 얻어, 살아 있는 자들의 잔치판같이
떠들썩한 상갓집의 풍경을 블랙코미디 형태로 묘사하였다.

박철수 감독의 작의(作意)다.

영화 〈학생부군신위〉는 상가에서 벌어지는 갖가지 에피소드를 그린 토속적인 향기가 짙은, 일종의 블랙코미디다. 죽음과 연계돼 떠오르는 비극성과 엄숙함에서 탈피, 죽음도 삶의 한 과정이라는 시각에서 그로 인한 삶의 현상과 그 속의 다양한 인간군상을 상주의 눈으로 스케치하듯 그려냈다.

내가 부친상을 당했을 때, 고향 청도에서 상주로 상을 치르면서 문상객이었을 때와는 꽤 다른 차이를 느꼈다. 문상객들은 먹고 마시고 웃고 떠들고, 그들에게 죽음은 삶의 한 현상이었고 또 하나의 배설현상 같았다.

그날 충무로에서 박 감독과의 대화 당시 나는 불현듯, '혹시 강월도와 박철수 집안에는 죽음의 피가 흐르지는 않을까?'라는 무서운 생각이 들었다. 박 감독에게 돌발 질문을 하였다.

"박 감독님, 당시 드라마 PD, 영화감독으로 '정점'이었는데 왜 죽음, 자살 그런 끔찍한 생각을 생각했어요?"

어쩌면 듣는 사람으로서는 당연한 질문이었다. 박 감독은 잠시 생각하다가 대답했다.

"맞다! 너무나 좋았을 때야. 그래서 죽고 싶었지."

그 경지, 나는 더 이상 물어볼 수도 없었다.

'그럴 수도 있겠지' 예술가의 말로 알아들었다.

나는 가끔 대한해협의 낙조를 선상 하얀 벤치에서 바라보며, 함께 죽음의 노래를 부르며, 자신들의 죽는 모습에 대한 대화를 웃으며 다정하게들 나눴던 철학자와 영화감독의 모습을 상상해 본다.

그때 강월도는 고려장에 관한 이야기를 했다고 한다. 강월도는 도대체 무엇을 고려장한다는 것이었을까? 그리고 살면서도 끊임없이 죽음을 찬미했던 두 천재는 64세와 65세라는 나이에 결국 죽었다.

철학자는 자신을 '죽임'으로 스스로 '고려장'하였고, 영화감독은 현장에서 타인의 '죽임'으로 스스로 '배설'되었다.

강월도가 투신하고, 첫 '강추모' 때 박 감독과 인사를 하고, 그 후 며칠 후 충무로에서 다시 만났다. 그리고 2003년 어느 봄날, 〈月刊 삶과꿈〉에 실린 '너무나 시적인, 너무나 극적인, 너무나 철학적인— 바다에 투신한 강월도 시인을 추모함'이라는 제목의 글을 보여줄 겸 세 번째 만났다.

그 자리에서 박철수 감독은 자신 가족의 일에 '너무 적극적이고 진솔하게 접근'하는 나에게 무척 고마워하며 감동하였다고 했다. 그러면서 나중에 '영화로 만들자'며, 내가 강월도의 일을 시나리오로 쓰면 자신이 꼭 영화화하겠다고 약속하며 헤어졌다. 그 후 강박사 일도, 박 감독과의 만남도 까맣

게 잊고 지내다가 네 번째 만난 것은 10여 년이 지난 2013년 2월이었다. 분당 서울대 병원에 마련된 그의 영안실에서였다.

박철수 우리나라에 고려장이 다시 시작하는 것 같네요.
　　　　추운 겨울 날씨에 늙은 부모를 길에다 버린 다네요.
강월도 자네, 고려장이 정말 무엇이었는지 아나?
　　　　우리가 생각하고 있는 고려장은 진짜 고려 시절의 고려장이 아니네. 우리가 고려장이라 하면 조선 이전, 고려 시대의 관습을 말하는데, 뭐 흉년이 든 지역에서 노쇠한 부모를 자식이 지게에 지고 산골에 들어가 버리고 짐승의 밥이 될 것을 알고 내려오는, 비인도적, 비인간적 관습쯤으로 알고 있겠지. 그게 그런 것이 아니네. 조선 건국 전에 백성들이 어렵게 생계를 꾸려왔고, 유교사상을 건국이념으로 삼은 조선 사대부들이 고려를 비하하는 정책으로 고려는 고려장같은 비인륜적인 세습이 있었다고 떠벌려댔지.
　　　　실은 자식이 노부모를 산에 지고 가 버린 것이 아니라, 노쇠한 부모들이 가계에 도움이 안 되고 남들에 의존해 사는 것이 어려워지자, 자기들이 산속에 걸어 들어가 죽음을 자처했다는 걸세. 그게 고려장이야.
박철수 그게 사실인가요?
강월도 그렇다니깐. 중요한 점은 자식이 부모를 버린 게 아니라, 부모들이 자진해서 죽을 때를 알고 집을 걸어나갔다는 걸세.

박철수   어허, 정말 부모들이 죽을 때가 된 것을 알고 자진해서 걸

어나가? 고려 시대가 그렇게 현명했던가요?

강월도   그럴 수 있지. 관습으로.

－철학자와 영화감독의 '죽음의 대화' 중에서

9. 투탕카멘의 황금마스크

박철수 감독의 문상을 다녀오면서 나는 박 감독과의 잊었던 약속을 생각했다. 그것은 기구한 운명과 극적인 삶을 살고 간 '강 박사의 부활'이었다. 그러면서, 10년 전 봉인하여 창고에 보관한 박스의 현재 상태가 궁금했다.

즉시 나는 사무실을 찾았다. 그때 강월도의 사무실을 정리하면서 버리지 못하고 모아놓은 서너 개의 유품 박스들을 찾기 위해서였다. 그것은 다시 강월도를 찾아내기 위해서였다. 그러나 그 박스들을 보관했던 사무실은 그 후 두 번인가 이사했다.

출판사는 이사할 때마다 창고에 쌓여 있는 많은 책을 버린다. 대부분 팔리지 못하여, 밴드도 풀지 못한 채 높이 쌓여 있는 새 책 묶

음들이다. 이사 당시 직원들한테 '아깝게 생각하지 말고, 홍수에 잠겼다 생각하고' 깨끗이 정리하라고 시켰을 것이다. 깨끗한 책들도 다 버리는데 낡은 서류가 들어 있는 박스가 남아 있을 리 만무했다.

반쯤은 포기한 채로 창고를 들어섰는데, 바로 앞 한쪽 구석에서 박스들은 파랗게 빛나고 있었다. 놀랍게도, 반갑게도 나를 기다렸다는 듯이, 나에게 맡겨진 것이 결코 우연이 아니라는 듯이, 그것은 정말 '고려장의 신화'였다.

학교 연구실로 박스들을 옮겼다. 이삿짐용 푸른 박스 2개와 라면 박스 1개였다. 누런 테이프들을 하나씩 뜯기 시작했다. 그 옛날 하워드 카터가 피라미드 컴컴한 무덤 속에서 투탕카멘 왕실의 문을 열 때의 심정이 이랬을까? 왠지 어떤 확신이 있었다. 이 문을 열면 휘황찬란한 무엇인가 나올 것 같았다. 아니 죽은 강월도가 튀어나올 것 같았다. 투탕카멘의 황금마스크가 아니더라도 그를 다시 살아날 수 있게 하는 조그만 약병, 푸른 물약이 들어 있는 조그만 유리병이라도 찾을 수 있을 것 같았다. 적어도 그가 마지막 남긴 편지의 추신 '고려장의 신화'를 풀어줄 단서라도.

그 속에서 오래된 영문, 국문 문서들이 쏟아져 나왔다. 그가 발간한 수십 종의 희곡집들, 시집들, 수백 장의 사진들과 비디오테이프, 그리고 오래된 일기장들이 쏟아져 나왔다. 그것은 50년 전, 강월도 나이 19세 때, 미국에 도착하여 불안하고, 외롭고, 향수병에 젖은 불면의 밤을 써내려온 강월도의 참회록이었다.

단상들을 촘촘하게 적은 수첩들, 가족들과의 수백 통의 편지, 어머니에게, 한국의 동생들에게, 미국에서 여동생에게 받은 편지들을 꺼내며 하나하나 읽어나갔다. 특히 '욱아'로 시작되는 어머니 편지를 읽으면서 그날 밤 나는 연구실에서 푸른 이삿짐박스를 잡고 통곡해야 했다.

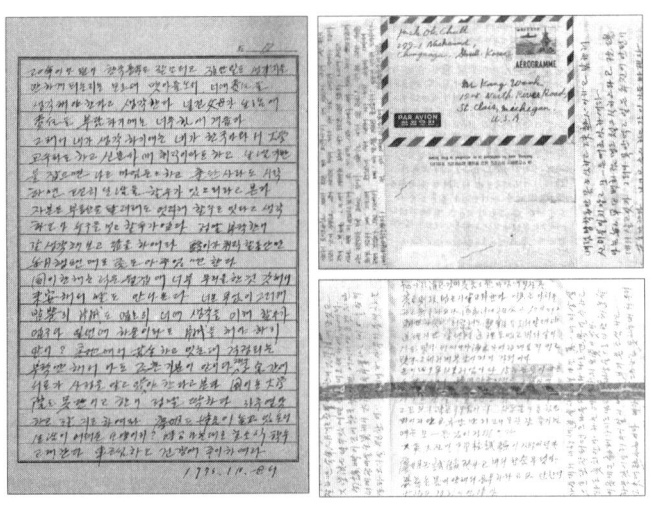

강월도가 쓴 편지를 읽을 때면, '아, 불쌍한 강월도', 어머니 편지를 읽을 때면 '강월도 이 못된 놈!' 한탄하면서 그렇게 목 놓아 울어보기는 처음이었다. 연구실 문마저 잠그고 마음 놓고 울었다.

그 순간이었다. 편지더미 속 맨 아래, 푸른빛이 눈길을 사로잡았다. 낡은 종이상자였다. 조심스럽게 상자를 꺼냈다. 심장이 멎을 듯, 마치 푸른빛 화강암으로 만든 관 뚜껑을 열듯 조심스럽게 상자 뚜껑을 열었다.

아, 그 속에는 그토록 찾았던, 강월도의 '고려장의 신화'가 조용히 누워 있었다. 마침내 누군가 자신의 비밀을 풀어주기만을 기다렸다는 듯이….

먼저 그의 전설, 그의 작품, 내 앞에 있는 그의 일기와 편지들을 참고하여 강월도의 어린 시절부터 그 극적이고 기막힌 강월도의 참회록을 대신 써내려가 본다.

✳

강월도   잠깐만요. 아직 연극이 시작되지 않았습니다. 왜 이 연극이 이런 장면으로 시작되었는지 잘 설명할 수가 없습니다. 사실 연극은 다음 장면에서부터 시작입니다.

보신 장면은 마지막 장면과 그전 장면 사이에 일어날 일인데, 작가가 이 장면으로 연극을 시작하라고 우겨서 이렇게 되었습니다.

작가의 말은 이 장면을 미리 보여주고, 흥미가 있으면 남아서 이 연극을 끝까지 보고, 그렇지 않으면 극장을 떠날 기회를 관객들에게 주자는 겁니다.

잠시 막간을 갖겠습니다.

5분간 옆에 계시는 관객과 인사를 나누시든지, 밖에 잠깐 나갔다가 오시든지, 아니면 아예 집으로 돌아가시든지 마음대로 하십시오. 이 연극을 끝까지 보고 싶으신 분만 돌아오시면 됩니다.

그럼 잠시 막간을 갖겠습니다.

—강월도의 희곡 〈인조인간〉 서막 중에서

2부
태양을 위한 환상

10. 파군, 월도 그리고 욱

　강월도는 1936년 서울 운현궁 근처인 종로구 익선동에서 4남
2녀 중 장남으로 태어났다. 본명은 강욱(姜旭), 아명은 '대섭'이었다.
월도(waldo)는 그의 영문명이며, 미국 박사과정 중 스스로 작명한
것이다. 강월도는 칸트를 위주로 주요 철학자들을 연구했지만, 그
중에서도 인간적으로 좋아했으며 롤 모델로 삼았던 인물은 시인이
며 철학자였던 에머슨이었다. 직접 말한 바는 없지만 미루어 볼 때
시인이자 철학자 에머슨 랄프 월도(Emerson, Ralph Waldo)에서 '월도'
를 따왔음을 알 수 있다. 그러나 1987년 귀국 당시 이를 짐작할 수
없는 한국 기자들의 질문에, 혹은 처음 만나는 친구들에게 다음과
같은 까칠한 말을 건넸다.

1950년, 경기중학교 시절 강월도

　나 강욱은 강월도(Waldo Kang)라는 필명을 주로 써왔습니다. 본
명은 그리 중요하지 않습니다. 여기서 한 가지 부탁하고 싶은
것은 '월도'의 월은 달(月)로 쓰지 말아 달라는 것입니다.

　파군(Pagune)이라는 호는 '월도'라는 이름을 작명했을 즈음 자신
의 첫 희곡 〈Among Dummies(마네킹, 망령들 틈에서)〉를 완성하였는
데, 원고 앞머리에 By K. Pagune을 처음 썼다. 여기서 '파군'의 뜻
은 아버지 강병순 판사의 호 '극파(克波)'를 연상하였음을 알 수 있다.
　아버지 강병순은 어린 강월도의 힘과 자존심, 존경과 긍지의 대
상이었다. 자신의 호 '파군'의 뜻을 묻는 친구들에게 그는 항상 다음
과 같이 영어를 섞어 자랑스럽게 설명하곤 했다.

'Son of, Prince of Waves, Prince of Ocean' 즉 '파의 아들, 파도의 왕자'라는 뜻입니다.

강월도는 납북되어 소식을 모르지만 '끝없는 파고 가득한 바다'와 같이 아버지를 한없이 그리워했다. 아버지에게 자랑스러운 아들이 되고자 했으며 그의 소망이었다.

그의 모든 작품에서 위대한 철인(哲人)의 아들로서, 파군으로 항상 모자람을 자책하였다. 아이러니하게도 그렇게 닮고자 했던 극파, 아버지의 파도를 넘지 못했는지, 강월도는 결국 파도에 몸을 던져 생을 청산(淸算)하였다. 그러나 어머니는 아들 강월도를 그냥 '욱'이라 불렀다. 어머니가 강월도에게 보낸 그 많은 편지는 항상 '旭아!'로 시작하였다.

旭아!!

10월 중순에 긴 片紙(편지) 받아보고 깁뿌다기 보다 새삼 너애 將來(장래)에 대해서 이생각 저생각 걱쩡이 되드라…. 네가 부탁한 〈희망새벽〉은 패간이 되고 『나는 人間(인간)이 되련다』는 책방에 업다 여러사람 부탁해서 구하면 너에 詩集(시집)하고 보내주마. 〈文學(문학) 애술〉도 업다.

너애 희망 小說家(소설가) 취직 勿論(물론) 노력이 必要(필요)하지만 運(운)도 잇고 소질도 잇어야 한다고 본다. 다런것보다 애술이라는 것은 소질이 꼭 잇어야 한다고 본다.

네가 썬 小說(소설)을 출판한다는 것도 잘 생각해서 해라. 萬一(만일) 실패하면 너에 자존심도 잇고하니 걱쩡이 된다. 그리고 서울中學(중학) 조병화 先生(선생)님을 만난는데 詩(시)를 보내왔더라고 하시고 잘되지 안해서 발표를 못해준다고 하시더라. 서울中學(중학) 先生任(선생님)은 結婚(결혼)하싯다.

아희들은 不平(불평)이 만허나 저 아희들을 만족하개 할려면 익선동 집으로 가야할꺼다. 네가 成功(성공)해서 귀환할때까지는 아무런 고생도 어머니는 달게 바겟다. 조곰도 걱쩡하지 말고 꾸준한 노력을 애끼지 마라.

－1956년 4월 12일 母書

11. 강병순

강월도의 아버지는 일제 말기 일본에서 고등고시에 수석 합격한 후 정부 수립 전인 1948년 미 군정 땐 하지 중장의 고문변호사로, 김병로 사법부장 밑에서 정책보좌관, 변호사 국장까지 했던 경성지법 판사 극파(克波) 강병순(姜炳順)이었다. 그는 송진우, 김성수 등과 한민당 창당에 일조를 한 당시 조선 최고의 지식인이었고, 세력가였다. 친일, 친미를 오가며 주요 공직을 맡았고 출세가 보장된 인물이었다. (후배 송기방 변호사 증언 참고)

한민당은 일제 식민통치에 대해 협력한 지주, 예속자본가, 친일관료와 경찰, 언론인, 해외유학파 등이 주축을 이루고 있다

강병순 판사

일본 고등고시 수석 때 기념촬영(왼쪽에서 다섯 번째가 강병순 판사)

는 점에서 좌익 측은 물론 일부 우익 측으로부터도 친일파 집단이라는 비난을 면할 수 없었다. 또한 건국준비위원회를 비난하고 미 군정을 비호, 미 군정의 행정고문으로 김성수·김용무·김용순·강병순 등이 참여하고…

그러나 1950년 6·25가 터지고 서울을 함락한 북한군은 이승만 정부의 발표만 믿고 서울에 남아 있던 정치, 경제, 문화, 예술계의 주요 인사들을 색출하고 북송할 때 강병순 판사는 납북 0순위 대상이었다.

북한은 50년 6월 28일 로동당 군사위원회에서 주요인사 납북 계획을 수립, 당중앙위정치국과 군사위원회 연석회의를 통해 세부사항을 확정하고 김응기, 이주상, 방학세, 김창주, 김춘삼

등이 집행실무자로 선정돼 성남호텔(현 서울 광교 부근)에 합동지
휘본부를 두고 '모시기 공작'이란 암호명 하에 각 정당 및 사회
단체에 침투해 했던 프락치 등을 통해 요인들의 소재지 등을
파악, 관련 인사들을 연행하였다.'

■납북인사, 거의 비참한 최후(동아일보 1991년 10월 1일)

강병순 판사는 당시 나이 40세, 이른바 지주계급 출신으로 일
본에서 수학하고 해방 후 경성지법 판사로 봉사하여 친일파에 법
조계 주요인사로 최우선 납북 숙청대상이었다. 전쟁발발 3일 후인
1950년 6월 28일, 서울에 남아 있던 강병순 판사는 인민군들에 의
해 강제납북 당한다.

왜 그리 중요한 인물이었던 강 판사는 피난 가지 않고 서울에 남
아 있었을까? 게다가 강 판사는 인민군에 '끌려간 것도 아니라 모셔
졌고' 북에서 김일성을 알현하고, 이후 김일성대학 교수가 되고 새
장가를 가서 잘 살았다는 소문이 들려왔다. 그래서 당시 납북이 아
니라 자진월북이 아니었을까 하는 의심의 눈초리가 있었다.

오라버니

…(전략)

요지음 '동아일보'에 나오는 '죽음의 다리'에서 납북인사에 대한 소식
을 듣습니다. (영어로 쓰여있다) 이 소식통에 의하면 우리 아버지는 결혼

하시고 평양근처에서 아직 살아계시다고 합니다. 어머니가 놀라실까 봐 아직 말씀 못 드리고 오라버님과 의논하고 비밀로 해야할 것 같습니다. Anyhow We hope all our family will be together here in near future.

-1962년 경희 올림

외조카 박관서 씨의 증언이다.

말도 안 되는 소리! 그때 고모부 강병순 판사와 함께 부인 박옥출의 오빠, 당시 청도 국회의원이셨던 우리 아버지 박종환도 함께 납북되었단 말이죠. 아버님 박종환 의원은 6·25가 터지기 며칠 전 할머니, 아버지에겐 어머니죠, 환갑잔치 때문에 청도에서 서울로 올라와 익선동 고모님댁, 강병순 판사님댁에 다 모였었는데 6·25가 터진 거예요. 아버님은 할 수 없이 고모집에서 전쟁 상황을 보고 있었는데, 2~3일쯤 있다가 당시 한국일보 주필 친구가 집으로 차를 몰고 와서 아무래도 안 되겠다며 급히 피난가자고 하였고, 그래서 고모부 강 판사와 아버지는 그 차를 함께 타고 서울을 빠져나가려는데 한강다리 앞에서 멈췄어요. 전날 밤 한강다리가 폭파되어 끊겼던 거예요.

결국 피난 가지 못하고 이미 서울은 인민군들에게 함락당하고, 다시 익선동으로 돌아와 고모부님과 함께 근처 아는 집에 숨었는데 어떻게 알았는지 인민군들에게 발각된 거예요.

당시 운전기사가 밀고했다는 이야기도 있었어요. 결국 강병순 판사와 우리 아버지 박종환 국회의원은 같이 납북 당한 겁니다. 그 후 가끔 북의 강 판사 소식은 들려왔는데 우리 아버지 박종환 소식은 들을 수 없었어요. 70년대 동아일보 기사를 통해 당시 끌려갈 때 탈출한 사람의 증언으로 아버지 박종환 의원은 끌려가면서 장질부사에 걸려 고생을 하셨다는 기사는 읽었어요.

같은 기사에 강 판사도 협조하라는 인민군 장교의 말에 식음을 전폐했다는 내용도 있었지요. 그러니 자진월북이니 모셔갔다느니 이런 말은 터무니없는 겁니다.

12. 박옥출

재주 잇는 女子(여자)를 택해야 한다고 본다. 너로서는 아직 나이가 어리지만 客地(객지)에서 외롭게 잇는 關係(관계)로 탈선하기 쉬운 것이다. 工夫(공부)하는 學生(학생)이 그런데 생각을 두면 방해가 된다. 自然(자연) 金錢(금전)도 낭비, 時間(시간)도 낭비된다. 네가 공부할대까지는 공부에 열중하고 압날에 영광을 바래 굿은 결심을 가저야 한다. 너에 아부지 例(예)를 들어 말하자면, 郡書企(군서기)로 있을대 郡守(군수)가 自己(자기) 딸하고 結婚(결혼)을 식힐라고 노력을 하엿다나바. 그러나 自己(자기) 自身(자신)이 成功(성공)을 하면 郡守(군수)딸보다 조헌 相對者(상대자)를 택할 수 잇는 대 하고 거절하였다 그것이 장한 것이 아니라 上官(상관)애 명령을 거역햇다는 것이 어려운 노럿이다. 네 잘 생각해서 하겠지만 충고로 간단히 적는다.

-1959년 7월 8일 母書

어머니 박옥출과 경북 청도의 고향집

　강월도의 어머니 박옥출(朴玉出)은 대구로 갈 때 남의 땅을 밟지 않는다는 경북 청도의 99칸 갑부의 딸. 오빠 박종환(朴鍾煥)은 일본 중앙대학교 법과를 졸업하여 경북 청도의 초대 국회의원으로, 신익희 선생과 함께 의정 활동을 하였던 인물이었다.

　박옥출은 강병순 판사와 결혼 후에도 청도갑부 아버지 박영재가 마련해 준 서울 중심가 종로구 익선동 집—안채, 사랑채, 행랑채, 별채 등 대궐 같은 700평 한옥—에서 식모, 참모, 유모, 정원사가 시중드는 가운데 손에 물 한번 안 묻히고 주위에 온갖 존경을 받으며 산 여자였다. 그러나 6·25가 터지고 온 가족과 함께 서울에 남아 있던 남편 강병순 판사가 납북 당하자 박옥출은 남편의 납북이 자신의 탓이라 여겨 죽는 날까지 자식들에게 죄책감을 가지고 살았다.

당시 강병순 판사는 옆집으로 피신, 몰래 숨어 있었는데 남편에게 하루 몇 번이고 밥을 날라다 준 것이 그만 인민군들에게 발각된 것이라 여겼기 때문이었다.

박옥출은 하루아침에 의지하던 남편과 오빠가 사라지자 어머니를 모시고, 자신의 다섯 자식들(막내 강건은 임신 중이었다)뿐만 아니라 오빠의 7형제들까지 데리고, 공산 치하의 서울을 빠져나왔다. 고향 청도에 잠시 머무르다가 큰 아이들 학교를 위해 부산으로 가 피난생활을 하였다. 강월도의 작은 여동생 태희는 당시 오빠를 회상하는 편지를 남긴다.

부산 피난시절 큰 다다미 방하나에 열 명이 넘는 식구가 기숙했는데 오빠는 항상 주인집 쌀 창고에서 원고지에 글을 쓰고 있던 모습이 생각난다.

—강태희

휴전을 맞자 박옥출은 서울에 올라와 홀로 대가족을 건사하기 위해 동분서주한다.

익선동 살던 집을 팔아, 그 돈으로 서울에 건물을 사서 임대 놓고 시골농지를 사서 맡기는 등 사업을 시작한다. 청도갑부 아버지를 닮아 그녀의 사업수완과 재능은 대단했다.

그 후 강병순 판사와 박옥출이 살던 서울 종로구 익선동 162번지는 술집으로 개조되는데 서울시에 등록된 음식점 1호이며, 종로 3가 허리우드 극장에서 인사동 초입, 고급 요정 '오진암(梧珍庵)'이 바로 그곳이다. 오진암은 1972년 이후락 당시 중앙정보부장과 북한의 박성철 제2 부수상이 만나 7·4 공동성명을 논의하는 등 유명인사들이 이곳에서 정치했던 이른바 삼청각, 대원각(현재의 길상사)과 함께 요정정치의 1번지였다. 일본 관광객들이 드나들면서 기생관광 논란이 일자 종로구는 2010년 철거, 지금 그 자리에는 비즈니스호텔 앰배서더가 들어서 있다.

박옥출의 땅 투기와 작황 사업은 성공을 하며 몇 년이 지나지 않아 충무로 입구, 서울 최고의 댄스홀 고미파(무학성)를 인수하고(이전 히라다 백화점) 곧이어 백화점과 호텔을 짓기 위해 투자자를 모은다. 그러나 1959년 고미파의 갑작스러운 대형화재로 옆에 살던 집과 함께 소실되어 큰 손해를 입었고, 5·16 쿠데타와 화폐개혁이 일어나며 결국 고미파마저 빼앗기고 가세가 급격히 기울게 된다. 고미파 자리에는 그 후 대연각 호텔이 들어선다.

…(전략)

오라버님께 알리지 안을까 했어도 누구를 통해서라도 들으시면 너무 놀랄 것 같아서 말씀들이겠어요. 서울의 문화인들의 화제거리인 고미파와 그 일대가 전부 재가 되고 말았답니다. 1월 17일 밤 10시 40분에 고미파 전기선의 잘못으로 전기누전이 되어 약 30분 동안에 고미파와 주위건물들은 뭇사람 앞에서 빨간 발악 끝에 사라지고 말었어요. 다행이 인명피해는 없었어요. 저희가 살든집도 옛날의 것에 속해버렸답니다. 우리는 불난밤에 모두 짐을 갖이고 주선생님 댁에 집을 구할 때까지 있게 되었어요. 고미파(高美波) 그 건물은 지금부터 2년 후에 어머니가 5,000만환 정도를 주고 인수해야 할 건물이었어요. 지금은 그 터가 완전히 빈터가 되어있고 나중에 국가의 도움을 받아 대한민국에서 일류가는 큰 건물로 세우시겠다고 합니다. 대한민국 최고의 호텔을 지으시겠다는 것이 어머니의 유일한 희망이고 목표랍니다.

-1959년 1월 25일 동생 경희 올림

박옥출은 이런 온갖 역경을 겪으면서도 언젠가 문으로 들어설 남편 강병순 판사를 기다리며 맏아들 강월도의 교육을 위해 최선을 다한다. 남편을 많이 닮아 영특한 강월도는 어머니의 기대에 부응하며 경기중학교에 이어 당시 최고의 명문 경기고등학교에 합격한다.

3년 후, 어머니 박옥출은 강월도가 서울대 사회학과에 합격하자 바로 미국 유학 보낼 계획을 세운다. 먼저 아들이 중학생 때부터 틈틈이 써왔던 소설과 시 원고를 들고 당시 서울고등학교에 재직하던 시인 조병화 선생을 찾아간다.

여러 차례 문인들을 화식집으로 초대했으며 남편의 언론사 친구들을 찾아다닌다. 어쨌든 그녀는 오늘날 극성스런 어머니들의 교육열과 비교해도 대단한 어머니가 아닐 수 없다.

오라버니

… (전략)

어머님은 피로하신 몸으로도 언제든지 다른 사람의 일이라도 힘만 다흐
시면 발벗고나서 선심껏 봐주시지요. 외가집일만 하드라도 얼마나 꾸준
히 봐주셨습니다. 지금은 지리한 재판도 끝나고 남와 계약을 시켜 그 히
라다 백화점땅에 아름다운 최신식의 Dance Hall이 세워졌어요. 어머
님은 朴興出(박홍출, 일제시대 재벌, 화신그룹 총수 朴興植(박흥식)에서 따온
말)이라고 불리우실 정도로 여자로서 active 하시고 수단이 많고 大사업
가라고들 한답니다.

제 동무들도 모두 부러워하고 저는 여간 자랑스러워지지 않는답니다.

－동생 경희 올림

86

13. 북으로 창을 내고 싶소

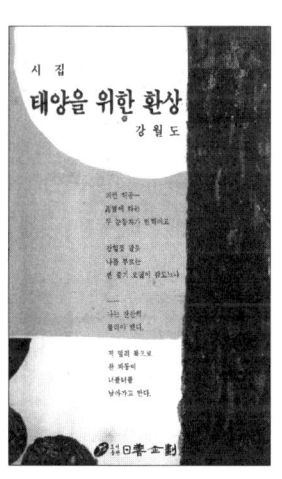

고등학교 3학년, 강월도는 조병화 선생의 추천을 받아 시집 『太陽을 위한 幻想』(공동문화사 간. 양장 제본, 국판 132쪽)을 출간하여 당시 '천재 시인의 탄생'이라는 세간의 관심을 받는다.

경기중학교에 다니던 14세부터 경기고등학교 3학년이었던 18세까지 5년간 쓴 시들을 모은 것으로 강월도의 첫 시집이었다. 지금으로부터 60년 전인 1954년도의 일이었다.

시집 출간 당시 월탄(月灘) 박종화(朴鍾和) 시인이 평한 동아일보 기사다.

욱(旭)의 시집(詩集)

시(詩)는 누구나 읽을 줄 알아야 하고 누구나 지을 줄 알아야 한다.

마치 우리들의 아버지와 할아버지와 증조부(曾祖父) 고조부(高祖父)가 풍월(風月)을 짓고 한시(漢詩)를 짓듯이 우리는 모두가 다 시(詩)를 알고 시(詩)를 읊고 시(詩)를 지어야 한다.

시(詩)를 짓는 사람이 많음은 그 나라 문화(文化)의 수준(水準)이 높다는 것을 지침(指針)하는 것이 된다.

신시(新詩)가 새로운 자태(姿態)로서 출발(出發)한지 사십년(四十年)이 채 못 되어서 오늘날 우리들 젊은 지성(知性)의 세대(世代)에 있어서 커다란 관심(關心)과 꾸준한 창조(創造)를 가지러 노력(努力)하는 진지(眞摯)한 태도(態度)는 고맙고 든든한 일이라 아니할 수 없다.

강욱군(姜旭君)이 『태양(太陽)을 위한 환상(幻想)』이란 시집(詩集)을 내었다. 욱(旭)은 나의 벗 극파(克波) 강병순형(姜柄順兄)의 영윤(令胤)이다. 불행(不幸)히 강병순형(姜柄順兄)은 6·25사변(六二五事變)때 이북(以北)으로 납치(拉致)가 되어가서 생사(生死)가 모연(杳然)하다.

아버지를 잃은 젊음 영혼(靈魂)은 마침내 호젓이 시(詩)를 잉태(孕胎)하여 『태양(太陽)을 위한 환상(幻想)』을 불러 이제 시인(詩人)이 되려한다.

1장(一場), 2장(二場), 3장(三場)으로 나누어 소년(少年)의 동심(童心)이 소박(素朴)하다.

욱(旭)을 목이 쉬이도록 '태양(太陽)'을 부른다. '아버지'를 불러 본다.

욱(旭)의 '시혼(詩魂)'은 아버지의 생사(生死) 사이에 떠도는 '심혼(心魂)'을 넉넉히 쓰다듬어 주리다. ─ 월탄(月灘)

■ 동아일보, 1955년 1월 16일

시집의 서문, 조병화 선생 추천의 글이다.

섭아 일어나렴, 벌써 해가 높이 떴다. 침묵한 마음의 숲속에 벗 하나 없이 갇혔던 이 작은 새는 어느 날 아침 허허 황무한 이 공간에 떠도는 눈부신 태양을 알았습니다. 이러한 여기까지의 마음의 편력이 〈월도〉의 시였고 〈월도〉 시의 출발이 아닌가 생각합니다.

월도는 인간의 때라곤 아직 하나도 묻지 않은 마음[詩]의 토질을 갖고 그대로 이 마음의 터전에 솟아들은 무수한 꽃송이[言語]들을 가지고 있습니다. 이 꽃송이들이 활짝 핀 무렵엔 우리

들의 마음도 더 한층 즐겁고 월도의 마음의 화원엔 더 한층 눈
부신 태양이 솟아들 것입니다.

−조병화

오랫동안 자신의 트레이드마크가 되었던 『太陽을 위한 幻想』은
강월도가 미국에서 30년 만에 귀국하여 1990년 다시 재출간(일선기
획(日善企劃) 간. 4·6변형시집판, 무선제본 132쪽)하였는데, 평론가 김삼
주는 '그렇듯 육친에의 간절한 호소가 곳곳에 스며있는 이 시집에
서, 우리는 한편으로 그의 생애를 예견할 수 있는 정신의 조숙함과
의지의 투철함을 읽을 수 있다'며 '그 나이에 이루어 내기 쉽지 않
은 문학적 구성력을 펼쳐 보이고 있다'고 평했다.

강월도는 자신의 첫 대중맞선 시집인 이 『太陽을 위한 幻想』에는
어린 소년의 심정으로 아버지에 대한 그리움과 사모하는 마음이 묻
어난다. 본 시집 서문에서 작가 스스로 밝힌다.

❋

이 참된 한 생명을 북쪽 멀리 삭풍 속에서 고생하시는 아버님(克波 姜柄順,
극파 강병순)을 위해 삼가 만들었습니다. 제1장은 이번 동난(6 · 25)으로
멀리 북으로 납치되어 가신 아버님을 생각하며 읊은 것이고

…(후략)

−1954년 10월 23일 강월도

✳

퍼런 허공—

정열에 타는 두 눈동자가 번쩍이고

잡힐 듯 말듯

나를 부르는 한 줄기 오열이 감도느냐

아버님…

나는 잔잔히 불러야 했다

저 멀리 북으로

찬 파동이 너풀너풀 날아가고 만다

나는 북으로 창을 내고 싶소

멀리 벌판을 바라볼 수 있도록

나는 북으로 창을 내겠소.

지난날 온화하신 임이 보고 싶소

스며드는 그 속으로 잠기도록

나는 인자하신 임이 보고 싶소.

지금 어디서 떨고 계실지 모르기에 알고 싶소

이렇게 모르고야 끝없도록

나는 정말 알아야 되겠고.

나는 북으로 창을 내고 싶소

삭풍이 넘어드는 것을 맞아들이도록

나는 북으로 창을 내겠소…

-『태양을 위한 환상』 중에서(부록 편 참조, ③『태양을 위한 환상』)

3부

뉴욕에 사는
차이나맨

14. 낯선 땅으로

…(전략)

성적표를 안 보내는 너의 마음을 내가 잘 알 수 있다. 母(모)를 도우려는 心情(심정)은 고맙다. 내가 보낼 능력이 있을때는 못보내도 된다. 등록만 이라도 해도야 내가 安心(안심)하고 잠을 잘 수가 있다. 될 수 있으면 간단한 편지라도 한달에 두 번 정도 집에다 해라. 정말 편지가 업서면 不安(불안)하고 해서 잠도 안온다. 언재나 갓흔 부탁이나 工夫(공부) 열심히 하고 팀이 있으면 글시 工夫(공부)애 유이하여라. 네 글시는 도무지 알아볼 수가 업다. 이곳은 아히들 하고 別故(형제) 별고(別故)업다. 환절기 몸조심 하여라.

너만 밋고 아버지 안계시는 서름, 돈업는 서럼을 다 참고산다. 나도 옛날 갓치 살때가 오리라 하고 너 출세하기만 기대한다. 돈보다 사람애 信義

94

〈신의〉가 第一(제일)이다. 내가 부탁안해도 잘알겠지.

-1956년 11월 6일 母書

1955년, 19살 강월도는 미국으로 유학을 떠난다.

서울대학교 사회학과에 입학한 다음 해였으며, 경기고등학교 때 올 A 전교 1, 2등 성적과 서울대 사회학과 재학 중, 시집을 출간했던 스펙이 주효하였던지 인디애나주립대 사회학과 3학년으로 편입할 수 있었다.

어머니의 편지에 의하면, 당시 한국은 전후(戰後), 정치·사회는 부정부패에 경제는 생산시설이 없어 피폐하여 미국의 무상원조로 겨우 연명하였던 때, 물가는 하루가 다르게 치솟았지만, 대학을 나온 젊은이들도 일할 곳이 없었던 그때였다.

게다가 전쟁 때 납북 당한 인사들을 오히려 '자진 월북'이 아닌가 의심하며 남쪽에 남아 있는 가족들을 불순하게 여기는 일면도 있었고, 이북에서 피난 내려온 사람들과 마찬가지로 월북자의 자식들이 이 땅에 발을 붙인다는 것은 어려울 것이라 강월도 어머니는 판단하였다.

누가 보아도 천재인 아들과 경북 청도 99칸 집을 친정으로 둔 박씨 가문의 남다른 배포도 있었다.

당시 미국에서 귀국하여 대통령을 하는 이승만 박사처럼 아들 강월도가 미국 유학에서 박사를 받고 돌아오기만 하면 이 땅의 대통령도 될 수 있을 것이라 자신하였다.

그러나 당시 달러 한 푼 없는 한국에서 미국 유학을 할 수 있는 조건은 미국 대학에서 전액 장학금을 받거나, 유학을 가서도 한국에서 생활비를 보내기 위해서는 미국 대학에서 높은 성적을 유지해야 하는 것이었다. 매 학기 유학생의 우등한 성적표를 한국으로 보내오면 그것을 외무부 정무국에 제출하여 증명서를 받아야 은행에서 원화를 달러로 바꿀 수 있었다. 그랬다 하더라도 미국 은행으로 송금하는 과정 또한 까다로운 절차와 서류들, 오랜 시간이 걸렸다.

그때 미국에 유학 중인 강월도와 한국의 어머니 사이에 오간 긴박한 편지로 그 어려운 상황을 알 수 있다.

당시 한국 강월도 집의 형편은 박옥출의 사업체가 불이 나고 빚쟁이에게 쫓겨 집에서 쫓겨나고, 이집저집 신세를 지는 상황이었다. 지금으로 말하면 생활보장대상자에 겨우 '빽'을 써서 이름을 올리고, 구호물품으로 배급받은 쌀로 남은 다섯 자식과 가족이 겨우 살고 있었다. 그래도 무엇보다 박옥출은 객지에서 고생하는 아들의 유학비 마련을 위해 이 사람 저 사람에게 편지를 쓰고, 돈을 변통하고 다니던 나날들이었지만, 미국 아들과의 편지에는 이런 사정이 한마디도 나오지 않는다. 오히려 일주일이 멀다 하고 시도 때도 없이 아들에게 재촉 편지를 보낸다.

'혹여라도 여기 걱정은 말고, 학비 걱정 말고 빨리 성적표를 보내라.'

96

'편지 좀 자주해라.'

'글씨 좀 알아보게 써라.'

'소설 쓰지 말고, 공부 열심히 해라.'

'학비는 걱정하지 말라'는 어머니의 편지는 근엄했고 또한 자신 있
었다. 하지만 이제나저제나 아들의 성적표가 늦게 도착해서 생활비를
못 보낼까 안타까워하는 어머니의 심정이 절절했다. 그러나 당시 돈
을 못 빌려준다는 어머니 친지들의 편지를 읽노라면 눈물이 흘렀다.

드디어 이번 학기 1등 했다는 기쁜 소식을 전하는 강월도의 편지
에 나도 가슴을 쓸어내렸으며, 어머니 또한 그 소식을 조병화 선생
등 주위 친지들에게 자랑하였다.

강월도는 당시 수업이 끝나면 호텔에서 벨맨으로 아르바이트를

방학이면 아르바이트를 하던 케네디 국제공항(1959년) / 인디애나대학 기숙사에서

하고 방학 때면 공항에서 수화물 나르는 일을 한다고 동생들과의 편지에 썼다. 동생들은 미국의 오빠를 친구들이 부러워한다며 자신들의 성탄절 선물목록을 보낸다. 옷에서, 액세서리, 그리고 친구들이 부탁한 책까지.

공부에 아르바이트하고, 밤이면 소설을 쓰면서도 항상 우수한 성적을 유지하던 강월도는 2년 만인 1957년 인디애나대학을 졸업한다.

그때 서울에서 5남매를 키우면서도 꼬박꼬박 자신의 유학 생활비를 보내주는 홀어머니에 대한 맏아들로서의 미안함, 고향에 대한 향수 등 강월도는 이제는 돌아가고 싶다는 편지를 어머니께 여러 차례 보낸다. 강월도 20살 때 일이다.

어머니는 아들의 편지에 매번 소설 그만 쓰라며 단호한 답장을 보낸다.

'거기서 끝을 보아라. 여기는 걱정하지 마라.'였다.

旭아!!

오래동안 굼굼하든차에 퍽 깁뿌게 보앗다. 6월 11일날 준 片紙(편지)를 보고 나도 만이 생각하였다. 귀국하겟다는둥 여러 가지 問題(문제)에 대해서 물론 한국에 돌아오면 나야 던덤하고 安心(안심)이 된다. 그러나 가기 어려운 미국을 가서 目的(목적)을 달성하지 안코 귀국을 하면 남에 우섬꺼리가 된다. 너는 아직 병적기도 끗나지 안코하니 귀국을 해봐야 工夫(공부)도 못하고 취직이 쉽사리 대는 것도 아니고 하니 그기서 工夫(공부)

할 때 끗을 맛치고 박사 학위라도 어디서 나와야 할 것 갓다. 工夫(공부)하는 것은 때가 잇는거지 아무 때나 한다고 넝률이 오르는 것이 아니라고 생각한다. 박사학위가 꼭 필요한것이 아니나 지금 世上(세상)에는 간판이 必要(필요)하니 自記(자기) 출새를 위해서나 여러모를 생각할 때 박사학위를 어더서 귀국하는 것이 조헐것 갓다. 한국집 일은 걱정을 하지말고 부디 工夫(공부)에 熱心(열심)하고 몸조심 하여 성공하기 바랜다. 어머니는 전정신을 다해서 너 잘 되기만 조석으로 기원하니 부디 공부 열심히 해서 성공해서 귀국하기를 백분천분 부탁한다.

–1957년 7월 8일 母書

그 후에도 어린 강월도는 그리움에 사무쳐 여러 차례 어머니께 서울에 다녀가고 싶다는 간곡한 편지를 보내지만, 그때마다 어머니의 답장은 매정했다.

'잠시도 왔다 갈 생각 말아라. 박사학위를 받고 성공하고 오너라!'였다.

사실 당시 한국에는 5·16 쿠데타가 일어나고, 어머니는 주위 친지들로부터 잠시 귀국한 유학생들이 다시 못 돌아가고 모두들 군대로 끌려갔다는 소식을 듣게 되었기 때문이었다.

그곳에서도 누구보다 뛰어났던 강월도는 인디애나대학 졸업 2년 후인 1959년 놀랍게도 그들에게도 어려운 뉴욕 컬럼비아대학원 그것도 박사과정으로 바로 진입한다. 그곳에서 자신이 동경하는 아버지의 모습을 그리며 아리스토텔레스, 플라톤, 소크라테스 등 철인(哲人)의 철학을 연구하고 이윽고 시카고학파의 태두며, 세계 3대 사회학자인 '허버트 미드'의 주제를 찾는다.

다음 해 인간성, 진보, 정의, 무정부주의와 인간과 우주적 존재에 대한 내용을 담은 영어논문인 〈철인 여정(Man's Journey to Better Worlds)〉을 발표하여 우수논문으로 출판되고, 1961년 독일 뮌헨에서 1년간 지내면서 조지 허버트 미드의 '이성론(G. H. Mead's Concept of Rationality)'을 연구하고 박사학위 논문 집필에 집중한다. 박사과정에 진입한 지 3년 후인 1962년 강월도는 마침내 컬럼비아대학에서 철학 박사학위를 받는다. 한인으로서는 최초의 컬럼비아대학교 박사학위였다.

강월도의 박사논문은 〈비순수 이성 비판서론—조지 미드(George H. Mead) 철학 논고〉로 내용은 독일의 18세기 천재 칸트가 진화론과 상대성원리가 대두하기 전에 〈순수 이성비판〉이라는 이름으로 절대적 진리의 구조를 제시했던 것과 반대로 그는 〈비순수 이성비판〉이라는 이름으로 진화와 상대적 객관성을 현대적 안목으로 정리한 것이다.

미국 유학의 모든 과정이 끝나고 박사학위까지 받자 이제는 반대로 어머니로부터 그만 한국으로 돌아와 장남으로 가족을 돌보라는 간곡한 호소의 편지가 이어졌지만 강월도는 한국으로 돌아가지 않는다. 한 미국 여인을 만나면서 강월도는 뉴욕 뒷골목 연극의 세계로 빠져버렸기 때문이다. 그의 학생비자는 만료되고 강월도는 결국 불법체류자로 미국에 남는다.

❋

학교공부도 끝난 지 이미 오래건만

고향에 돌아가지 못했습니다.

친구들 아무도 내가 돌아 올 것을 기다리지 않습니다.

어머님도 오지 말라 하십니다.

고향에 돌아가고 싶습니다.

돌아가 어머님을 모시고 싶습니다.

어머님이 자랑할 수 있는 아들로

돌아가고 싶습니다.

아, 어머님, 용서하십시오,

그래서 어쩌면 돌아가지 못할지도 모릅니다.

정녕 고향에 돌아가지 못하고

영원히 방랑자로,

이승에서 그리고 저승에서도

이 광활한 우주를 헤매일 것 같은

예감이 드는군요.

                    ―강월도 희곡 〈뉴욕에 사는 차이나맨의 하루〉 중에서

15. 카페 치노

❋

피비에게

너는 어떻게 연극에 대한 젊은 날의 정열을 살
리고 있을까?

뉴욕을 버리고 고향으로 돌아갔을 것이라 나는
생각해.

고향 지역 극장에서 계속 무대에 서는 것으로 정열을 고수하고 있을까?

그때 너는 예쁘고 친절했지. 나에게 연극과 카페 '치노'를 소개해 주고.

당신은 무대에서 매우 인상적이었어.

나는 네가 무대에 있던, 무대 밖에 있던, 항상 사랑해.

　　　　　　　　　　　　　　　　　　　　　　　-강월도

강월도 연극의 시작은 '피비(Phoebe)'에 의해서였다.

강월도가 컬럼비아대학원에서 박사과정을 시작할 때는 미국에
온 지 어느덧 5년, 타향생활이 제법 익숙해지고 자신도 생겼다. 게
다가 '여기는 세계 문화중심지 뉴욕' 그때 강월도의 나이는 23세,
간섭하는 이 아무도 없었고 방황할 수 있는 특권을 가진 20대 청춘
이었다.

수업이 없는 날은 학교 근처 슈퍼마켓 '델리'에서 50센트짜리 샌
드위치나 슬라이스(피자 한쪽)로 때우고 뉴욕대 학생들로 붐비는 오
헨리의 카페 '레지오'나 웨스트빌리지 카페 '와'에서 지미 헨드릭스
(당시는 무명이었지만 대단한 인기였다)의 기타 연주를 듣기도 하고 뒷골
목을 배회하고 하였다.

어떤 날은 그리니치빌리지로 지하철을 타고 카페 치노에 가서 맥
주 한 병, 여자 친구에겐 위스키 샷을 시켜놓고 연극을 관람하곤 12시
가 넘어 다시 지하철을 타고 하숙집으로 돌아오는 나날이었다.

그러던 어느 날 한 카페에서 마주친 건장한 컬럼비아 극단 단원
들과 인사를 하게 된다. 그들은 강월도를 자신들의 연습실로 초청
하고 다음날 강월도는 방문하게 된다.

강월도는 그날부터 매일 밤 학교 연극 연습장을 찾았는데, 사실
피비가 좋았다. 피비(Phoebe)는 같은 대학에 다니는 예쁜 여배우였
는데, 공부하면서 저녁에는 그리니치빌리지의 한 옷가게에서 아르
바이트를하고 있었다.

당시 뉴욕의 외곽 그리니치빌리지는 이른바 클럽들이 막 들어서기 시작하던 90년대 한국의 홍대 입구를 떠올리면 된다. 컬럼비아 대학교 입구에서 지하철을 타고 40여분 세리단 스퀘어에서 내려 브리커 가를 따라 6가 쪽을 향해 걷다가, 6가로 건너기 전 오른편 코네리아 가로 들어가면 하루하루 새롭게 들어서는 카페, 소극장, 클럽 간판들, 그곳이 이른바 가난한 예술인의 마을로 형성되기 시작하던 그리니치빌리지였다. 그곳은 뉴욕의 상업적 대형 극장이 모여 있는 브로드웨이를 조금 벗어난 지역으로, 당시 연극을 좀 더 실험적으로 또는 임기응변적으로 해보겠다는 젊은 세대의 연극인들을 위해 조그마한 공연장들이 들어서기 시작했다. 하나둘 젊은 연극인들이 모이기 시작했고, 쉽게 공연을 올려볼 기회의 극장 마을이었다.

강월도는 피비의 손에 끌려 뉴욕의 뒷골목 그리니치를 자주 찾게 된다.

그녀가 일하는 옷가게에 들려 커피를 마셨고, 밤이면 건너편 공연을 할 수 있던 소극장이자 커피를 팔던 카페 치노에 들러 들창 위에 걸려 있는 그 날의 공연 포스터를 살펴보고 서로 마음에 들면 들어섰다.

강월도를 처음 무대의 세계로 인도한 조 치노(Joe Cino)를 만난 곳도 카페 치노였다. 조 치노는 카페 치노의 주인이었으며 제작자였다. 연출가 앤디 밀리간(Andi Milligan)도 그곳에서 만났다. 강월도는 드디어 연극의 세계에 빠져들게 된다. 강월도의 말이다.

카페 치노 앞에서

✳

조 치노는 내가 처음 만났을 때 카페 치노 소극장을 운영한 지
2년인가 되었을 때였다. 전에 무용수로 뛰다가 그 무슨 운명인
지 그리니치에 카페를 차려 이곳 소극장의 원조가 되었다.

카페 치노는 커피 탁자가 열 개쯤 들어가는 공간에 탁자 한두
개를 밀어붙이고 간단한 연극을 올릴 수 있었으나 춤 같은 것
은 어려워서 못 올렸다고 본다. 공연 도중 커피, 차 등을 팔고,
공연이 끝나면 극장장 치노가 직접 나와 간단한 인사를 하고는
모자를 돌린다.

모자 속에 모인 돈을 치노는 작자, 연출가, 배우, 다른 참여자
들과 함께 나누어 갖는 방식이었다.

그때 치노에 오르는 단막작품들은 사무엘 베케트, 쥬네. 오

닐, 스트린드베리(J.A Strindberg)등의 작품이 아니면, 이름 없는 젊은 작가들의 새 작품들이었다. 그들 중에는 샘 셰퍼드(Sam Shepard) 레오나르도 멜피(Leonard Melfi), 랜포드 윌슨(Lanford Wilson), 패트릭(Robert Patrick), 큐트카스(Koutoukas) 등이 기억에 있다.

첫날 나는 피비의 소개로 연출자 겸 연기자인 앤디 밀리간, 닐 프라네겐(Neil Flanagan) 등과 주인이요 제작자인 조 치노(Joe Cino)를 만났다. 그 후 나는 무슨 마력에 끌려서인지 치노에 자주 드나들며 같은 작품을 두 번 볼 때도 있었다. 치노에서는 매주 새로운 작품이 올라갔다.

내가 치노를 자주 드나들 때는 닐 프라네겐과 앤디 밀리간이 번갈아 연극을 올리고 있었다. 그들과 커피를 여러 차례 마셨는데 밀리간은 그 근처에서 옷가게를 경영하고 있어서 낮에도 그 가게에 들려 연극 이야기를 나누기도 했다.

–강월도

강월도 여자 친구 피비가 아르바이트를 하고 있던 곳이 연출가 밀리간의 옷가게였다. 그곳에 드나들면서 여기저기 널려있는 마네킹들을 보며 강월도는 재미있는 구상을 시작한다.

마네킹 하나하나에 세기의 철학자들을 대입시켜 본 것이다.

피비의 옷가게. 강월도는 이곳에서 첫 희곡 〈마네킹, 망령들 틈에서〉를 구상한다

그런 발상은 후에 자신의 하숙집에서 여기저기 열리고 닫히는 '문'들을 보면서 썼던 철학적 희곡 〈주인과 그의 착한 세입자들〉과 마찬가지였다.

마네킹 속에 웅크린 철인들—노자, 클레오파트라, 헤라클레스, 사포, 나폴레옹, 버나드 쇼—을 상상해 보았다. 그럴 수밖에 없었던 것이 당시 박사논문 작업 중이던 강월도의 머릿속에는 온통 철인들과 그들의 혼란스런 문장들로 꽉 차 있을 때였다.

강월도는 낮에는 칸트의 순수이성 비판을 연구하고, 밤에 깨어 있을 때는 스스로 자신의 처지를 '비겁한 자'로 자책하던 때였다. 어렸을 적 일을 떠올리곤 트라우마적 감상에 젖으며 문학적으로 분출할 곳을 찾아야 했다.

오빠를 꽤나 자랑스러워하고 의지했던 서울의 한 살 아래 여동생 경희에게 강월도는 자신이 지금 장편소설을 쓰고 있고, 제목을 '비겁한자'로 할지 '배신자'로 할지 고민이라는 편지를 써 보냈다.

그 후 '배신자'를 영어로 탈고했다고 편지를 보냈고 또 몇 달 후 편지에는 '배신자'를 한글로 완성했다고 자랑하였다. 동생은 '오빠 대단하다, 자랑스럽다'고 답장을 한다. 하지만 그 '배신자'라는 소설은 강월도 작품에서 찾을 길 없다.

그는 생전에 소설책을 출간한 적도 비슷한 제목의 희곡도 쓰지 않았다. 만약 당시 썼다는 '배신자'라는 소설원고를 찾을 수만 있다면 당시 강월도의 상황과 심정을 좀 더 이해해 볼 수 있었을 것이고, 후에 그의 나머지 작품들을 이해하고 강월도의 작품세계를 해석하는 데 많은 도움을 줄 수 있었을 것인데, 안타까울 뿐이다.

존경하는 오라버님께

무척 뵙고 싶습니다. 밤낮으로 타이프를 치고 계신 오라버님 모습이 눈에 선합니다. 손수 진지를 만들어 자신다는 말을 들으니 다 큰 누이동생으로써 도와드리지 못함이 심히 죄송스럽군요. '배신자'란 책을 빨리 읽어 보구 싶은 마음 간절해요. 반듯이 그것은 훌륭한 작품이 되리라 믿어요. 6 · 25란 쓰라린 비극을 체험하고 무척 고생을 많이 하셨으니 모든 사람의 마음을 꼭 감동시킬 작품을 쓸 수 있으리라 믿어요.

말짱한 와이셔츠 일곱 개를 받으신 어머님께선 은근히 오빠께서 애써 보내주는 돈을 막 쓰는 것이나 아닌가 하고 걱정하시고, 오빠께서 비용을 적게 하려 친히 진지도 해서 잡수신다는 소식을 듣고 안타까이 여기십니다.

—동생 경희

어쨌든 그의 첫 희곡 〈마네킹, 망령들 틈에서(Among Dummies)〉
는 이때 탄생되었다.

강월도는 밤마다 소설을 쓰고 희곡을 무대에 올리면서, '관객맞
선'이라는 짜릿한 희열을 경험한다. 아버지에 대한 기억과 고통은
점차 잊는 듯 했다.

〈마네킹, 망령들 틈에서〉 무대는 마네킹으로 채웠다. 강월도의
말이다.

＊

그때 나는 〈도둑 이야기(Tales of Thieves)〉라는 제목으로 단막극
세 편을 묶어 인쇄했었다. 그 책자를 밀리간에게 주었더니 며
칠 뒤 그는 그 작품들을 카페 치노에서 올려보자고 했다.

그 당시 카페 치노에서 작품을 올리려면 거기에 자주 드나들면
서 몇 차례 커피를 마시고, 치노 또는 엘렌 스튜워트에게 인사
를 하고 날짜를 잡으면 그만이었다. 여기저기서 빈곳을 찾아
연습하다 큰 투자 없이 공연이 올라가는 그런 시스템이었다.
그러나 치노의 신념은 '약속한 연극'은 비가 오나 눈이 오나 여
하튼 올라가야 한다는 것이다.

'The Show must go on!'

카페 치노에서 처음으로 올라간 나의 작품은 〈도둑 이야기〉 중
〈마네킹, 망령들 틈에서〉라는 소극(Farce)이었다. 이 작품에는
역사적으로 유명한 인물들, 노자, 클레오파트라, 헤라클레스,
사포, 나폴레옹, 조지 산드, 조지 버나드 쇼, 마가렛 심어, 사르
트르, 시몬느 드 보부아르 등이 의류공장 창고에 있는 마네킹[망
령들]으로 등장한다. 그들을 종이 상자로 깎아 색칠하고 천장에
매달아 꿈속의 도깨비와 같이 움직였는데 이 모습이 관객들에
게 신선한 충격을 주었고, 내가 생각해도 천재적이었지. 그때
라 마마 극장을 오픈하려는 연출가 엘렌 스튜어트가 객석에서
나에게 인사했지, 작품이 꽤 인상적이라고.

16. 엘렌 스튜어트

✳

그리니치에서 엘렌 스튜어트를 처음 만났을 때 그녀의 나이는 20대 후반이나 30대 초반의 흑인 여성이었어. 그런데 무척이나 은은한 힘, 매력이 넘쳤어. 극장 이름을 봐도 알지, '에미'처럼 젊은 연극인을 다양이 포용하고 돌보고 격려했어. 또한 세계의 '가난한 연극'을 유치하고 장려하는데 지대한 공헌도 했지. 그녀의 말 중 인상적이었던 말이 있었는데,

'누구나 자기가 밀 수 있는 조그마한 마차를 밀어야 한다'는 것이었지.

'You have to find and push your own pushcart!'

−엘렌 스튜어트를 추억하며, 강월도의 일기 중

'엘렌 스튜어트', 오늘날 미국 현대 연극, 아니 세계 현대 연극의 대모로도 불리는 흑인 여자다. 당시는 시카고 출신 패션 디자이너로 활동하다가 극작가가 되고 싶어 하는 남동생을 위해 1961년 '라 마마 카페(La Mama Cafe)'를 당시 슬럼가였던 뉴욕 맨해튼 이스트사이드에 차린 것이 시초였다. 그곳에서 지금의 세계 연극사에 길이 빛나는 La mama Theater(74a East 4가) 극장이 개관을 준비하고 있었다. 그녀는 자신의 극장 라 마마 모델로 카페 치노를 열심히 드나들었으며, 이때가 바로 강월도 작품이 카페 치노에 올렸던 때와 일치한다.

극장 라 마마는 그 후 미국 실험 예술의 메카로 지금까지 총 2,000여 편의 작품이 공연되었으며, 우리에게 친숙한 공연 〈헤어〉, 〈블루맨그룹〉 등이 여기서 초연되었다.

알파치노, 로버트 드니로, 데니 드비토, 다이안 레인, 빌리 크리스털 등의 배우들을 데뷔시킨 극장이며, 최고의 연출가인 피터 브룩부터 그로토프스키, 샘 셰퍼드 등 수많은 연출가, 작곡가, 극작가, 안무가 등을 배출시킨 금세기 최고의 영향력 있는 극장이 되었다.

평생을 '흑인'과 '여자'라는 이유로 자신의 신념과 신조를 굳게 지키기 위해 싸워온 엘렌 스튜어트는 미국인이고 흑인이지만 오히려 그리스 연극과 동양 연극에 대해 남다른 관심과 배려를 가지고 제3 세계와 불모지의 연극을 뉴욕 무대에 과감히 소개하기도 한 장본인이다. 소위 뉴욕의 오프브로드웨이 연극의 극장주이자 제작자였지만 그녀는 토니상뿐만 아니라, 미국인으로서 공로가 많은 예술가들에게 수여하는 맥아더 파운데이션상을 수상하기도 했다. 그러나 그녀가 모은 모든 돈은 오로지 연극 극장과 제작에 전액 투자한 연극 외길을 외롭게 투쟁한 불굴의 투사이기도 하다.

한국 작품으로는 1962년 강월도 작 〈머리 사냥〉 제작을 시작으로 유덕형의 〈질서〉, 안민수의 〈하멸태자〉 등 총 33편의 한국 연극을 제작하고 세계에 알려왔으며, 2001년에는 한국을 두 번째 방문하였고 강월도 극작가와 인터뷰도 하였다. 2011년 1월 13일 그녀가 향년 91세 나이로 사망했을 때 세계 많은 연극인들이 애도하였다.

−자료 참고

2001년 엘렌 스튜어트가 내한했을 때 함께 한 신문사와의 인터뷰에서 강월도는 다음과 같이 회상했다.

1960년대 그때 뉴욕 그리니치빌리지의 치노 카페극장과 라 마마 실험극장에서 〈마네킹, 망령들 틈에서〉, 〈인두 사냥〉 등 나의 작품들이 공연될 때 나는 처음으로 파군(Pagoon, 차후에 Pagune)이라는 필명을 썼어. 그래서 엘렌 스튜어트는 나를 '파군'이라는 이름의 한국인으로 알고 있지.

1970년대 유덕형, 안민수, 오태석 등의 한국 연극인들이 몰려와 라 마마에서 공연하였을 때 그때 나는 뉴욕을 떠나 지방에서 교편을 잡고 있었지. 엘렌 스튜어트가 '파군'이라는 이름의 한국인을 아느냐고 그들에게 물었다고 해. 그러나 그때 한국에서 온 누구도 '파군'이라는 이름의 인간을 알 리가 없었지.

라 마마가 개관한 지 3주째 되던 날 강월도의 두 번째 작품 〈인두 사냥(Head Hunting)〉이 엔디 밀리간의 연출로 공연되었다. 강월도가 당시 그리니치빌리지 치노와 라 마마 극장에서 올린 공연은 다음과 같다.

1959년 소극 〈도둑이야기(Tales of Thieves)〉 뉴욕 치노 소극장 공연

1959년 소극 〈마네킹, 망령들 틈에서(Among Dummies)〉 뉴욕 치노 소극장 공연

1962년 〈마네킹, 망령들 틈에서(Among Dummies)〉 뉴욕 라 마마 실험극장 공연, 앤디 밀리간 연출

1962년 〈인두 사냥(Head Hunting)〉 뉴욕 라 마마 실험극장 공연, 앤디 밀리간 연출(개관 3주 기념작)

1963년 〈주인과 그의 착한 세입자들(The Landlord and His Good

Tenants)〉뉴욕 라 마마

　　강월도는 그 와중에서도 2년 만에 컬럼비아대학원에서 박사과정을 마치고, 바로 다음해인 1962년 〈비순수 이성비판〉이라는 제목의 논문으로 철학박사(Ph. D.)학위 취득한다. 한인 최초로 컬럼비아대학교 철학박사 강월도가 되었던 것이다. 그때부터 강월도는 그간 생각하기도 싫었던 몇 가지 근본적인 문제에 봉착한다.

　　미국 학생 비자기간 만료였다. 한국으로 귀국? 그러면 바로 입대였다. 26살 뉴요커가 다 된 강월도는 상상도 못할 일이었다. 어머니도 편지로 아들의 귀국을, 아니 잠깐의 방문도 극구 만류했다. 당시 한국은 5·16 혁명정권으로 들어오면 무조건 '끌려간다'고 어머니는 주위에서 듣고 있었다. 그렇다고 불법체류자가 될 수도 없는 일. 강월도는 이때 (숙명적으로) 연극의 길을 택한다.

　　누구의 도움도, 상담도 받을 수 없었던 불쌍한 강월도는 결국 체류기간 마지막 시한에 몰리자 스스로 미국 이민국 사무소로 담당 사무관을 찾아간다. 그에게 현재 한국의 불합리한 상황, 5·16 쿠데타와 혁명정권의 비민주적 탄압, 대학생 데모와 자신이 돌아가면 바로 군대에 끌려가야만 하는 처지 등을 역설했지만 소용없었고 오히려 사무관으로부터 최후통첩을 받는다.

미국 이민국 사무실,

밝은 조명.

미국 국가가 들린다.

성조기와 대통령 초상이 (허공에) 걸려 있다. 그것들은 거대하다.

그 밑에, 책상 뒤로 검은 제복을 입은 사무관이 앉아 있다. 머리가 희어가는 푸짐한 몸체의 50대. 그는 코를 후비다 손을 펼쳐 보고는 손톱을 깎는다. 문 두드리는 소리가 들린다.

사무관   들어오세요.

         (강월도, 20대 후반의 한국인이 들어온다.)

강월도   안녕하세요?

사무관   젊은이 뭘 도와드릴까?

강월도   저 기억하시죠? 엊그제 여기 왔었는데

사무관   오! 이름이 뭐였더라?

강월도   강월돕니다.

사무관   그래 강군, 기억나는군. 한국으로 돌아가겠다면서?

강월도   꼭 돌아가고 싶습니다.

사무관   내가 도울 수 있다면 얼마나 좋겠나. 무슨 방법이 있을 것 같애?

강월도   당신이 도울 수 없다면 아무도 도와줄 수 없을 것 같으니…

사무관 이봐, 젊은이, 사정을 하려거든 한국영사관에 가서 해. 그
        들이 자네 동포 아닌가! 영사관이 여권 연장을 해주지 않
        는 한 내 손을 묶여 있어.

강월도 제가 설명해 드렸듯이, 여기 있는 영사관은 우리 정부의
        소환령을 건드리지 못한다는 겁니다. 한국에 돌아가서 여
        권을 연장해 가지고 다시 나오라는 거예요. 제가 한국에
        돌아가면 어디론가 끌려가서는 살아나올 수 없을지도 모
        른다는 것을 믿지 않으시는군요.

사무관 (의자를 뒤로 젖히며) 이봐, 젊은이, 한국 국내 사정은 내 소
        관이 아니잖아.

강월도 머지않아 한국 정부는 바뀔 겁니다. 텔레비전에서 학생들
        이 데모하는 광경을 보셨지요?

사무관 한국 학생들은 용감해. 죽을 각오를 하고 덤비는 것 같더군.

강월도 그렇습니다. 현 정권은 곧 무너질 겁니다. 제게 조금만 시
        간을 주십시오. 정권이 바뀌는 대로 제 여권을 연장해 가
        지고 오겠습니다. 망명을 원하는 게 아닙니다. 학위과정
        을 끝내게, 1년만 체류허가를 연장해 주십시오. 학위를 끝
        내는 대로 한국에 돌아가겠습니다.

사무관 이봐, 이 나라엔 그런 법이 없어. 여권이 취소된 자에게
        체류허가를 연장해 줄 수 있는 그런 법은 없단 말이야. 자
        네 고집불통의 젊은이군.

강월도　친절한 말씀이나, 제 심정을 과소평가하는 것 같습니다.

사무관　이봐, 젊은이. 자네 문제는 나 같은 일개 공무원이 해결
　　　　할 수 있는 문제가 아니라니깐.
　　　　(왼손 엄지손가락으로 허공에 걸린 성조기와 대통령 초상을 가리키며)
　　　　저들이 할 수 있는 거야. 내 충고는, 변호사를 고용해서
　　　　하원에 호소해 보게. 추방일자가 촉박하니 머뭇거리지 말
　　　　고 서둘러야 하네.

강월도　변호사요? 제가 직접 지역 하원의원을 찾아가 볼까 하는
　　　　데요.

사무관　그건 자네가 알아서 하게. 하지만 전문 변호사를 채용해
　　　　야 할 걸.

강월도　그럴 여유가 없는데….

사무관　자네 변호사 문제까지 이민국이 해결해 줄 수는 없지. 이
　　　　민국의 친절을 너무 과대평가하지 말게.

강월도　그럴 의도는 조금도 없습니다.

사무관　그만 가보게.

강월도　죄송합니다. 바쁘실 텐데 절대로 길게 끌고 싶은 마음은
　　　　없습니다. 한 가지만 확인하고 싶은 것이 있는데….

사무관　서두를 건 없네. 내 의무가 찾아오는 외국인을 도와주고
　　　　이민의 천국인 이 땅에 새 시민을 환영하는 것 아닌가? 뭘
　　　　한 가지 더 확인하고 싶은가?

강월도 이 나라의 이민법에 외국인이 이 나라에서 7년 이상 계속 체류해 왔으면 정당한 법 절차 없이는 그를 추방할 수 없다는 조항이 있다는데요?

사무관 그런 조항이 있지. 이민법 개정 조항 1230조. 하지만 전번에 내가 지적하지 않았나! 자네는 6년 8개월밖엔 여기 체류하지를 않아서 법 절차 없이 추방되는 것이라고.

강월도 제가 확인하고 싶은 것은 7년 이상이라 했는데, 6년8개월을 반올림하면 7년이 되는 것 아닙니까?

사무관 이봐, 젊은이. 그런 산술법은 여기서 통하지 않아. 자네 조국에서는 어떤지 모르겠지만.

강월도 돌아가야 할 곳을 상기해 주셔서 감사합니다.

사무관 뭐 특별히 개인적인 유감이 있어서 그런 것은 아닐세.

강월도 잘 알겠습니다. (일어나면서) 한 가지만 더 여쭈어 보겠는데 양해하십시오. 제가 생각했던 반올림의 산수가 법적으로 안 통한다면, 제가 4개월만 더 여기서 남아 버티면 그때는 그 1230조에 의해 법 절차를 거쳐야 저를 추방할 수 있겠군요?

사무관 이봐, 젊은이. 그건 불법체류야. 불법으로 7년을 이 나라에 숨어 체류한 자에게는 1230조가 해당되지 않지. 자네가 추방일 이전에 출국하지 않으면 이민국 형사가 찾아가 추방시킬 걸세. 쓸데없는 생각 말고 법대로 하게.

강월도 잘 알겠습니다. 안녕히 계십시오.

사무관 행운이 있기를….

(미국 국가가 들린다.)

암전

−강월도의 희곡 〈어제와 내일 사이에서〉 1막 1장 중에서

강월도는 이민국의 체포를 피해 급히 하숙집을 나와 당분간 그리니치의 라 마마 극장으로 짐을 옮기고 분장실에서 지낸다. 모든 것이 라 마마의 주인 엘렌 스튜어트의 배려 덕분이었다.

그로부터 1년 후, 1963년 6월, 엘렌 스튜어트의 극장 라 마마에서는 강월도 희곡 〈주인과 그의 착한 세입자들(The Landlord and His Good Tenants)〉의 공연이 한창 열리고 있었다. 3층 라 마마의 사무실 소파에서는 강월도와 엘렌이 한창 사랑을 나누고 있었다. 그때 강월도의 나이는 27살이었고, 엘렌은 43살이었다. 둘의 나이차는 16년, 강월도는 말한다.

✳

엘렌은 나에게 무대와 피난처를 주었지만 나는 엘렌에게 동정을 주었어. 그녀에게 첫 동정은 물론 한동안 성적인 모든 것을 그녀에게 배웠지.

120

그 관계가 막을 내린 것은 1963년 겨울이었다. 당시 불법체류자 신세로 라 마마에서 지내던 강월도를 시기하던 엘렌의 친구들이 린치(강월도의 표현에 의하면)를 가한 것이다. 라 마마를 떠나 이모 집으로 옮기려 해서 그랬는지, 엘렌이 개입되었는지 이 사실을 알게 된 강월도는 엘렌에게 '복수'(강월도 표현에 의하면)를 하고는 뉴욕을 도망치듯 빠져나온다. 이 사건으로 인해 결국 그로부터 10여 년간 강월도는 뉴욕의 무대를 떠나 대학의 강단에 서게 되었던 계기가 되었다.

그 후 강월도는 엘렌과 다시는 만나기도, 마주치기도 싫었다 한다. (그래서 그런지 강월도가 남긴 많은 여자들 사진 중에 그녀의 사진은 한 점도 발견할 수 없었다) 그러나 40여 년이 지난 2001년 6월 엘렌 스튜어트가 한국을 찾았을 때 한 신문사와의 인터뷰 장소에서 강월도는 서로 아무 일도 없었다는 듯 만나 함께 인터뷰 하였다.

나도 그 당시 강월도에게서 들었던 이야기였다.

나는 궁금했다. 강월도가 엘렌 스튜어트에게 한 '복수'란 무엇이었을까? 몇 번 물어보았으나 그는 말해 주지 않았다. 훗날 라 마마 극장을 소개하는 다음의 기사에서 혼자 추측을 해 보았다.

엘렌의 카페는 무대가 없어 공연을 못하는 가난한 연극인의 극장이 됐다. 엘렌 스튜어트는 '마마'라는 별명을 얻었다. 어느 날 윤락을 한다는 한 동양인의 신고에 영장을 들고 찾아온 관리가 그에게 이름을 묻자 누군가 마마라고 했고, 이름도 없던 이 공간은 그때부터 '라 마마 극장'이 돼 버렸다.

—자료 참고

다음 소개하는 작품 〈어제와 내일 사이에서〉는 작가 강월도의 실존주의적 철학을 담은 2막 5장으로 된 연극이다. 한국에서는 1994년 크리스마스, 류근혜 연출로 동숭아트센터에서 공연되었고, 당시 여자주인공인 이모 역에는 박해미가 맡아 열연하였다.

20대 미국 유학 시절 미래에 대한 불확실성과 이러지도 저러지도 못하며 결국 불법체류자로 몰리는 상황에서 정체성의 혼란을 겪으며 작가 자신, 즉 인간적으로서 나약한 주인공을 내세워, 불합리한 세상에 혼자 남아, 신도 없고 자신의 존재도 무의미하며, 자신

박해미, 김민기 주연의 한국 공연   〈어제와 내일 사이에서〉 미국 공연

이 결정할 수 있는 유일한 행동이라고는 죽음뿐이라는 정신세계를 그리고 있다.

앞의 글에서처럼 당시 이민국에 쫓겨 극장에서 이모님 댁으로 숨어 지내며 실제로 어머니를 닮은 이모를 사랑하게 된다는 작가 내면에, 오이디푸스 콤플렉스라는 다소 근친상간적인 분위기를 보여주는 희곡이다. 이 작품에서 작가는 자신의 어린 시절의 트라우마에 대해 털어놓고 속죄하는 심정으로 자신이 죽는 것으로 결말을 맺고 있다. 그러나 전후 상황을 모르는 당시 이 연극을 관람했던 관객들과 평론가들은 주인공이 왜 갑자기 서둘러 허망하게 죽어야 했는지에 대해 의아해 했다.

작가 강월도는 당시 돌아오라는 어머니의 기대를 저버리고 결국 불법체류자의 신세로 전락한 체 뉴욕 시내를 헤매며 그 괴로움 속에서 매순간 생각한 것은 '난 죽을 수 있다'며 극작가답게 항상 극적인 죽음을 떠올렸다. 그것은 이 연극의 마지막 장처럼 온 가족이

모이는 성탄절, 불효자, 아버지를 배신한 자신은 쓸쓸하게 눈 내리는 도시의 황량한 대로에서 헤매다가 허무하게 죽는 모습이었다. 그렇게 대부분 그의 작품, 주인공들은 허무하게 죽는다.

✳

기억한다는 것은 괴롭다. 괴로운 기억을 극으로 풀어 본거다. 나는 그때 죽어야 했고, 지금 살고 있는 것이 항상 괴롭다. 지금 나는 이 세상을 덤으로 살아가는 거다…

…(후략)

−1962년 강월도의 일기 중에서

✳

이모 마가렛의 침실(이모 역 박해미)

전등이 꺼진 침실에 들창에서 전등 빛이 비친다.
밖에는 눈이 내린다.
잠옷을 입은 월도, 그림자 속에서 나타나 침대 옆 의자에 앉아 그녀의 자는 모습을 바라본다.
은은한 성탄절 음악이 들린다.
마가렛, 깨어나 이불을 찾아 덮는다.

마가렛   월도, 자지 않고 여기서 뭘 하고 있어?

강월도   잠이 안와요. 스팀이 나가서 추워졌어요.

마가렛   그래 추워졌구나. 밖에는 아직도 눈이 내리지?

강월도   펑펑 내려요.

마가렛   가서 자.

강월도   이 눈 오는 밤에 이모 옆에 누워 영원히 잠들고 싶어요.
          이모, 이모를 사랑하고 싶어요.

마가렛   그래, 나도 너를 사랑해. 하지만 우리는 이 세상에서 아름
          다운 것을 다 누릴 수 없어. 그러다간 너무 황홀해서 미쳐
          버릴 테니깐. 월도, 가서 자.

강월도   이모, 그래요. 꿈에서 이모를 사랑할 거예요.

노래, 그들의 녹음된 노래가 들리고 그들은 춤을 춘다.
그는 잠시 후 어둠속으로 조용히 사라진다.
착각의 환상과 같이.

암전/막간.

#거실

초인종이 울린다.

강월도　이모, 나가보세요. 만약 나를 찾거든 나는 여기 있지 않아요.

마가렛　누구시죠? 뭐라고요?

문이 열리고 닫히는 소리가 들리고 신사복을 한 두 이민국 형사가
마가렛을 따라 들어온다.

그들은 젊잖게 둘러본다.

형사　법무부 이민국에서 나왔습니다.

마가렛　이민국에서 나오셨다고요?

형사　네, 이렇게 휴일에 찾아와서 죄송합니다. 강월도 씨의 친
　　　척이 되시죠?

마가렛　네, 이모예요.

형사　그가 어디 있는지 아십니까? 지금 여기 없나요?

마가렛　벌써 1주일이 넘게 아파트에 오지 않았습니다.

형사　그가 추방령을 받은 것을 아십니까? 지난 주 금요일 출국
　　　했어야 했는데.

마가렛　그래요? 몰랐는데요. 무슨 이유죠?

형사　한국에서 그의 여권을 연장해 주지 않아서 우리가 그의 체
　　　류 허가를 취소하게 된 겁니다.

마가렛　학교 다니는 유학생의 여권을 취소하다니, 어떻게 그럴
　　　수 있지요?

형사   그가 어디 있는지 아시면 연락해 주십시오. 저희들은 그를 도와주려는 것이니, 저희들을 피해 다닐 필요가 없다고 전해 주십시오.

마가렛   알겠습니다.

형사   실례했습니다.

그들을 따라 문 쪽으로 나갔다 돌아온다.

마가렛   월도! 왜 추방령에 대해 아무 말도 안했지! 네가 학교 신문에 한반도 중립이니 통일이니 떠들고 다녀서 그런 거지! 빨리 박사과정이나 끝내라 했지.

강월도   이모 목소리는 어머니를 너무 닮았어요. 이모더러 도와 달라 하지 않겠어요.

마가렛   넌 지금 한국에 돌아가면 감옥에 가, 그러지 말고 망명신청을 하는 것이 어때?

강월도   어머니는 오래 사시지 못할 겁니다. 동생들이 보고 싶어요. 우리, 고향에 돌아가요. 옛날 집으로 돌아가요. 저는 한국전쟁동란을 그날그날, 순간순간, 겪어야 했습니다. 그 기억들은 내 피에, 내 뼈에 스며든 암세포와 같이 저에게 고통을 줍니다.

아, 지금과 같이 피가 타고 뼈가 부서질 것 같은 아픔을 오래 견딜 수는 없습니다.

눈이 내리는 거리
늦은 밤, 눈이 내린다. 멀리서 성탄절 합창이 들린다.
강월도, 천천히 걸어온다. 뒤에서 청년이 조용히 다가온다.

청년   이봐 불 좀 있나?

강월도가 주머니에서 성냥을 찾아 건네준다.
청년, 칼을 뽑아 월도의 목에 들이대고

청년   돈 가진 거 다 털어 내놔.

강월도, 말없이 그를 쳐다보다가 주머니에서 지폐를 꺼내준다.

청년   이게 전부야! 이 자식 사기치고 있어!
그를 찌르고 코트를 벗겨 들고 달아난다.
월도, 어렵게 일어나려다 쓰러진다. 그는 죽었다.
눈이 무겁게 내린다. 멀리서 성탄절 합창이 들린다.
멀리서 주인공의 노랫소리가 들린다.

살어리랏다.

오늘, 또 오늘, 그날, 그날,

어제의 짐을 메고

넘어 내일을 찾아

살어리랏다.

짐을 버리고

지난날을 잊는다면

벌을 받을 것이리라!

지난날의 짐이 너무 무거우면

내일을 포기하고 해가 지고

짐이 무거울 때,

앞이 캄캄할 때.

여기 오늘 밤 쉬어 가리.

−강월도 희곡 〈어제와 내일 사이에서〉 2막 4장 중에서

17. 프로페서 강월도

✸

나는 기억해!

블루밍턴 축제를 위해 너를 픽업하러 집에 갔을 때,

마을 우체국장이셨던 무서운 당신의 아버지와 만났던 날의 일을.

나는 그때 내가 산 첫차 황금색 Karnan Gia에 키 큰 금발의 미녀를 옆자

리에 앉히고 자유롭게 운전한다는 사실이 나는 꽤 자랑스러웠지.

너는 내 클래스의 가장 이쁜 학생이었지.

나는 아직도 네가 옷을 입지 않고 완전한 누드로 있는 모습을

꿈꿔.

마치 한 장 잎으로 가린 비너스처럼,

옷을 입고 있다면 그것이 부끄러움처럼.

주리, 나의 꿈, 깨나지 말았으면…

너는 인디애나를 벗어났을까? 아마 결혼한 남편 따라…

-강월도

1963년 엘렌 스튜어트에게 복수를 하고 뉴욕을 급히 떠나야 했던 강월도는 뉴햄프셔, 찰리 딕킨스, 인디애나, 콜롬비아대학을 매 학기 전전하며 강사 생활을 한다.

1965년부터는 인디애나주립대학교에서 조교수로 자리를 잡으며 〈미학(美學)〉, 〈미국철학〉, 〈문학에 있어서의 철학〉 등의 과목을 맡는다. 한편 틈틈이 희곡을 쓰고, 한국인들보다는 미국 현지인들과만 교류를 하면서 생활도 생각도 미국인으로 점차 바뀌어 갔다.

당시의 일기를 살펴보면, 강월도는 매년 반복되는 강의에 실증을 느낀다. 여름방학에도 꼬박꼬박 강의를 해야 월급이 나오는 자신의 열악한 경제적 상황이 참을 수 없었다.

무엇보다 강월도가 남긴 자료들에서, 매학기 서부, 중부, 동부의 이 대학 저 대학에 보내야 했던, (강의시간을 요청하는) 수많은 서류들, 쓰고 또 고쳐 쓴 수많은 어플라이(지원 서류) 수정본들을 읽어 볼 때면, 50여 년 전 남의 일이지만 가슴이 아파온다.

더욱이 그 속에서 발견된 대학 마크가 찍힌 행정실의 완곡한 거절의 편지들 겹친 인터뷰 날짜를 어떻게든 피해 보기 위해 담당자에게 거듭 보낸 정중하게 자비를 요청하는 몇 번이고 고쳐 쓴 답신들, 결국 한쪽을 포기해야 했던 최종 답신을 찾아 볼 때면, 까칠하고 자존심 강한 강월도의 성격과 비추어 볼 때 자신의 처지가 무척이나 답답했을 것 같고 자괴감에도 빠졌었음에 틀림없다.

당시 강월도의 낙이라고는 매 주말이면 (믿어지지 않지만) 차를 빌려 열 시간 여 걸려 뉴욕, 브로드웨이 예술의 도시를 향해 달렸다. 토요일 저녁 오프브로드웨이에서 연극을 한편 보고, 다음 주 브로드웨이 뮤지컬을 예약을 하고, 뒷골목 카페에서 별과 함께 커피를 마시고 부랴부랴 밤을 새어 월요일 아침 인디애나로 돌아오는 나날이었다. 그러던 어느 날인가는 애팔라치 산맥을 넘다 기름이 떨어져 고생하기도 한다.

이름 모를 한 전망대에서 하루를 보내며 밤하늘 수많은 별들을 바라보며 강월도는 결심을 한다.

"다음 뉴욕에 가면 돌아오지 않으리."

그가 대학 교수직을 그만두기로 결심한 요인에는 그 전해인 1971년, 미국에 온 지 16년 만에 어머니 환갑을 맞아 처음 한국을 방문했을 때, 서울에서 어머니와 동생들의 어렵게 사는 모습에 보고 충격을 받았던 이유도 있다. 장남이 한국에 돌아와 부모 형제들을 모시려면 돈을 벌여야 했다.

36세 되던 해, 1963년 뉴욕을 급히 떠나온 지 10년 만에, 16년 만에 한국을 방문하고 돌아온 다음해인 1972년, 강월도는 갑자기

인디애나주립대 교수직을 그만둔다.

강월도가 16년 만에 서울을 방문했을 당시 조선일보와 인터뷰했던 기사를 통해 그의 학자적 풍모를 엿볼 수 있다.

✳

귀국한 인디애나대학교 강월도 박사에게 들어본다.

최근의 미국 문화계 동향은 어떻게 돌아가고 있는 것일까?

며칠 전 16년 만에 나들이 겸해 귀국한 재미 한국인 소장학자 강월도 박사는 기술시대의 인간부재 모순은 더 세련된 과학방법으로써 그 극복이 가능하다고 미국철학계의 동향을 밝혔다. 서울대 문리대 사회학과를 다니다 55년 인디애나대학(Indiana University) 사회과학과로 전입학, 이를 마치고 컬럼비아대학 대학원 철학과에 들어가 박사학위를 딴 뒤 인디애나주립대학(Indiana State Univ.) 철학과 조교수로 있는 강월도 씨. 현재 동 대학에서 〈미학〉, 〈미국 철학〉, 〈문학에 있어서의 철학〉을 강의하는 강 박사는 다재다능한 학자로서 희곡작품의 발표로도 알려져 있는데, 그리니치빌리지의 소극장에서 그의 작품이 공연되기도 했다.

다음은 그에게 들어본 철학·문학·연극·학생운동 등 미국의 학계와 문화계 동향의 개관이다. 강 박사는 7월 5일 다시 미국으로 떠난다.

1) 철학

한국전쟁 이후 미국에 유학, 철학을 공부하고 박사학위를 받은 한국인은 5명 가량 되며 대개는 대학에 남아있다. 정치학이나 공학전공의 사람은 많으나 미국서 철학을 전공한 사람은 극히 적은편이다.

과학에 대한 방법론으로 과학적인 학설을 사용할 수 있는 도구로 생각하는 실증철학은 현재 재평가되고 있다. 비트겐슈타인의 언어연구에 의한 실증철학이 많은 주목을 받고 있다. 현재 듀이적 방법에 의한 교육철학은 더욱 향상된 실증철학이론으로 극복되고 있다. 인간부재 후기산업사회의 철학적인 지양은 실존주의 철학, 형이상학적인 방법에 의해서는 이룩될 수 없고 더 구체적이고 더 과학적 방법에 충실해짐으로써 가능하다는 이론을 내세우는 사람들이 학계의 강력한 부분을 이루고 있다. 따라서 동양에서 생각하듯, 서양 철학은 그들이 도달한 한계에서 빠져 나오기 위해 다른 세계의 철학에다가 구원을 호소하지는 않는다.

하버드대학의 쿠와인, 굿맨, 컬럼비아대학의 네겔, 시카고대학의 카르납의 방법은 과학적인 방법은 헌법이 아니고 역사적으로 발전하는 도구며, 개량이 가능한 도구이기 때문에 지금까지 오용된 방법을 잘 쓰기 만하면 충분히 산업, 기술사외가 내포한 모순을 제거할 수 있다고 보고 있다. 히피이즘, 마약, 로큰롤, 쾌락에의 경도, 원시주의에의 향수 같은 것은 결국은 산업화와 기술사회가 갖다 준 생활의 여유에 기인하는 것이며, 사회전부가 그런 방법으로 과학이 갖다 준 생활의 여유에 기인하는 것이며, 사회전부가 그런 방법으로 과학이 갖다 준 현재에 반응할 수 없다는 것은 명백한 것이라는 게 이들의 생각이다.

철학 잡지를 볼 때 동양 철학에 관한 연구는 전체 논문 수의 10분의 1에도 미치지 못한다. 그들은 동양인이 항용 말하듯 그들의 구원을 동양에서 찾으려고 하지는 않는다. 무엇이 동양 정신이냐를 묻기도 하지만 그것을 역사적으로 이해하려는 것이지 서양 철학의 자체해결을 위해서 동양 철학의 의식적인 채용을 요구하지 않는다. 그들은 단적으로 동양 철학으로서는 서양 사회의 문제를 해결할 수 없다고 생각하고 있다.

2) 연극

미국도 다른 나라의 연극과 다름없이 대중 연극은 인기가 있으나, 순수 연극은 별로 인기가 없다. 전위 연극의 작가와 배우는 많지만 크게 두각을 나타내고 있는 사람은 없고, 대개는 부업을 가지고 있다. 폴란드 출신의 그로토우스키 등이 꽤 알려져 있고 있는 편, 대담한 성적 표현 물의를 일으키고 있던 전휘 연극은 표현의 자유 때문에 제재를 당하거나 하는 일은 없다. 새로운 경향으로 레퍼토리 극단이 70년 이래 많이 생겼으나 모두 브로드웨이적인 생각을 가지고 있으며, 지방에 갈수록 연극이 잘 팔이지 않는 것은 어느 나라 연극이나 마찬가지다. 지방극단은 재단 혹은 다른 사회단체의 도움을 받으며, 대학에서 레퍼토리를 주도하는 경우도 많다. 대학 극장은 예일, 미시간, 미네소타대학들이 가장 그 규모가 크며, 학생들이 연기, 연출은 교수, 각본은 대개 고전극, 현대극의 이름 있는 작가의 것을 골라한다. 대학 연극도 대학의 질이 나쁠수록 브로드웨이 작품을 공연하게 마련이다. 대학 극장은 2개월에 1번 또는 3개월에 두 번의 비율로 꽤 자주 연극 상연을 갖는다. 오프브로드웨이에서 연극하려고 고생하는 사람들은 대게 대학극장을 거쳐 온 사람들이다.

3) 문학

TV 세대로 자라난 대학생들이 교과서 이외에 책을 안 읽는다. 소설가로는 솔 벨로우, 말라머드, 필립 로드, 프리드맨 등 유태계 작가들이 문단을 석권하고 있고 출판계 등 일반 문화계 역시 유태계 인사가 대거 진출해 있다. 시 낭독회는 점점 많아지고 앨런 긴즈버그 같은 사람은 거대한 체육관이 꽉 찰 정도

의 청중을 모아놓고 낭독회를 갖는 수가 많다. 시의 경향은 네오
로맨티시즘으로 기울어지는 편인데, 시인의 사회적 지위는 점점
격하돼가는 느낌이다.

4) 학생운동

1968~70년의 3년 동안 적극 행동으로 지쳐버린 학생들은 최
근에 와서 취직걱정 등 현실적인 생활태도를 갖기 시작했다.
학생 운동은 결국 좋은 결과를 가져왔다고 호의적인 평가를 받
고 있으며 특히, 대학 제도에 많은 개선점을 알려준 계기가 되
었다고 보는 사람이 많다. 공해 문제를 사회 표면에 노출시킨
것은 대학생들이었다는 사실은 학생 운동의 긍정적인 면으로
서 높이 평가받고 있고, 정치행사를 통해 사회에 참여하려는
기풍이 요즘 눈에 띄게 드러나고도 있다.

■ 조선일보 인터뷰, 1971년 6월 29일

18. 불 탄 건물을 찾아라

뉴욕 그의 집을 방문했는데 상당히 잘 살았던 것 같애. 그는 중고 타이프라이터를 싸게 사서 비싸게 파는 그런 사업을 한다고 들었지. 그는 사업적 감각은 뛰어났는데 아마 어머니를 닮아서였을 거야. 놀라운 것은 월도는 뉴욕 시내에 여러 채의 건물과 아파트는 물론 극장도 소유하고 있었는데, 내가 갔을 때 뉴욕 시내 자신의 극장에서 자기 연극을 흑인들과 공연하고 있었어. 놀랐지, 그 후로도 많은 희곡을 뉴욕 무대에 올린 천재적인 청년으로 기억해.

-조병화

1973년, 강월도는 인디애나대학에 사표를 내고 퇴직금을 받은 즉시 짐을 싸서 뉴욕으로 간다. 라 마마에서 쫓기듯 탈출하여 뉴욕을 떠난 지 10년만의 일이었다.

몇 달 후 강월도는 뉴욕 콜롬비아대학 정문 앞에 편의점 사장이 된다. 미술 복제품과 문방용품, 기념엽서등도 함께 판매하는 강월도의 조그만 첫 사업이 시작 된 것이다. 세밀화의 대가였던 당시 파리에 살고 있던 외삼촌 박일주 화백의 프린트 물을 가져와 전시 판매한 것도 이때였다.

파리 박일주 화백 화실에서

그 갤러리는 복사집도 겸했다. 당시 미국에 복사기가 처음 나올 때였는데, 사무실을 임대하여 복사 사업을 할 생각을 한 것은 당시로서는 대단한 아이디어였고, 이른바 지금의 벤처였다고 주위 사람들은 증언한다.

자신도 '세계 최초의 복사집이었을 것'이라고 자랑했다.

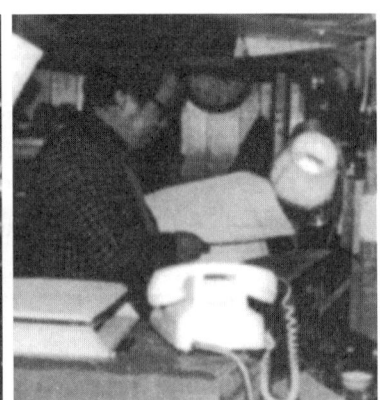

복사집과 위층에 있던 강월도 사무 공간

그 당시 한국 외환은행에 근무하다 뉴욕에서 형을 만났던 둘째 남동생 강국의 증언이다.

1972년 나는 한국에서 뉴욕지점으로 발령을 받고 처음으로 미국 땅을 밟았을 때였습니다. 드디어 20여 년 간 편지로만 만났던 형 강욱을 뉴욕 한 식당에서 대면했을 때 나는 무척 당황했지요. 형은 한국말도 거의… 서툴고, 몇 가지 부탁을 했는데 오히려 나보다 더 동포들과도 접촉이 없다는 것을 알게 되었어요.

5년 간 복사집 사업으로 경험을 쌓은 강월도 사장은 링컨 센터(Lincoln Center) 근처 67번가에 가게 링컨 타이프라이터(Lincoln Typewriter)를 새로 오픈한다. 중고 타이프라이터를 구입, 수리하여 한국 등 여러 나라에 판매하는 사업을 시작한 것이다. 한국지점은 막냇동생 강건이 맡는다.

1975년, 사업에 탄력이 붙고 여유가 생긴 강월도는 카페 치노와 라 마마 극장에서 경험한 '내 극장'에 대한 꿈을 실현해 본다. 뉴욕의 변두리지만, JFK공항 남동쪽 퀸즈의 작은 마을 파락어웨이(Far Rockaway)에 작은 극장을 하나 인수하여 운영하며 자신의 작품도 상연하게 된 것이다. 파락어웨이는 미국이 낳은 세계적인 양자역학 물리학자이며 노벨상 수상자인 파인만(Richard Phillips Feynman)의 고향이기도 했다.

1980년에는 드디어 뉴욕 브로드웨이 52번가에 그럴듯한 5층짜리 건물도 구입했다. 그곳 1층에는 프린트 복사집을 옮겨 파나카피(Pana Copy)라 이름 짓고, 위층은 수리하여 임대업을 시작하면서 그럴듯한 재미사업가의 길로 들어선다. 그것은 낡은 건물을 싸게 사서 비싸게 팔고, 좀 더 큰 건물을 사서 수리하여 여러 개의 방을 만들고 그곳에 여행객들을 맞았다.

그는 언젠가 자신의 사업 비결, 그때의 일을 웃으면서 말했던 적이 있었다.

"사실은 낡은 건물이 아니라 화재가 난 건물이었어. 나는 아침마다 신문의 사고란을 보며 뉴욕 시에 화재가 난 건물을 찾았지. 사고가 난 건물은 값어치가 떨어져 싸게 나오거든. 사실 우리 한국 사람들에게 불난 자리가 얼마나 좋은 자리야, 앞으로 불처럼 일어설 자

리로 여기는데…, 그 말이 결국 맞았어, 나는 한 번도 실패해 본 적
이 없었지."

뉴욕 타임즈를 보고 화재가 난 건물을 찾아 구입하여 수리하는 강월도

이때부터 한국으로 완전히 귀국하는 88년까지 강월도는 뉴욕 브
로드웨이 52번가 자신의 건물 2층에서 거주하며, 몇 블록 떨어진
브로드웨이를 오가며 연극과 뮤지컬을, 세계 최고의 뉴욕 문예를
섭렵하였고, 독신으로 아무 구속도 없이, 경제적으로도 자유롭게
많은 작품 활동을 하던 인생 최고의 르네상스 시기였다.

뉴욕 교외에 별장을 구입한 것도 이때였다. 한국의 동생들을 자
신의 사업체를 이용 미국으로 불러들였고, 미국의 작가들 예술가들
과도 많은 교류를 하던 시기였다.

뉴욕을 방문한 한국 연극인들, 무용가들은 물론 문화계의 유명
인사들도 주위에서 강월도를 소개 받고 그의 집을 찾았다. 강월도

는 기꺼이 그들을 도와주었고 자신의 건물 숙소에서 기거토록 하였다. 물방울 그림의 서양화가 김창열 씨도 그때의 친분과 인연으로 서울에 왔을 때 제일 처음 방문한 곳이 DG미술관이었다. 이 DG미술관은 이때의 파나카피 갤러리 사업을 그대도 벤치마킹 한 것이었다.

뉴욕을 방문한 배우 박인환과 함께

파리에서 김창열 화백과 함께

이때의 경험으로 〈이승의 죄(The Crime of The Life)〉라는 희곡이 탄생하였으며 이 작품은 오프브로드웨이 극장에서 한인 최초로 공연을 하게 된다. 뉴욕의 52번가 건물은 나중에 한국에서 창간한 공연 잡지 '서울벽보' 발행에 아낌없이 쓰였다.

※

김혜련 님께

내가 〈이승의 죄〉라는 연극을 뉴욕 산포드 마이즈너 극장에서 올리고 있

을 때 찾아 오셨지요. 제게 한국 연극 실상을 많이 이야기해 주시고 한국
으로 돌아가 연극하는 가능성에 눈 뜨게 하셨지요. 그 후로 뉴욕을 찾은
한국 연극인들을 많이 만나게 되고 귀국할 준비로 희곡을 한글로 써 보기
시작했지요.

김혜련 님과의 만남은 뭔가 운명적이었고 인생을 다시 시작하는 계기가
되었습니다.

감사하게 생각합니다.

—강월도의 편지

이태섭 교수(용인대)의 말이다.

제가 뉴욕시립대학교에 있을 때 32번가에 있는 뉴욕 곰탕집에
서 강월도 선생님을 처음 만났습니다. 연출가 김혜련 씨 부탁
으로 강월도 선생님의 〈뻔데기전〉 낭독회에 참석하게 된 것이
지요. 강 박사님은 "그래도 한국말로 쓰니까 술술 써지네!"라
고 말씀하셨던 기억이 납니다.

끝나고 모두에게 수고비 몇 십 달러씩을 나누어 준 것도 인상
적이어서 기억합니다. 미국식의 매너에 다들 생소해 했죠.

언젠가 한국에서 온 이정희 무용단을 위해 선생님이 비싼 갈
비집에 모두 초대해서 저녁을 대접하는 것을 보고, '통이 크시
네…'라고 생각했습니다. 돌아오는 길에 어떻게 돈을 버셨는지

물었는데, "철학을 하면 돈을 벌 수 있지"하시며 방긋 웃으셨던 모습이 생생합니다.

또 강 박사님이 시골에 카티지(cottage)가 하나 있다하여 저는 멋있는 별장으로 오해하고 친구들과 같이 한번 놀러갔었던 적이 있었습니다. 뉴욕 업스테이트 쪽 어딘가였고, 가보니 그런데 정말로 조그만 오두막이었고, 오랫동안 방치된 채 덩그러니 놓여있어 놀랐던 기억이 있습니다. 잠시 있다 그냥 올라왔었지요.

캣스킬(Town of Catskill), 산속 강월도 별장에서 가족, 조카들과

뉴욕 교외에 별장이라기보다 한 오두막을 구입한 것도 이때였다. 그러나 고향을 떠나 40대 후반 강월도에게 이 산장 구입의 의미는 남달랐다. 그 허름한 오두막은 강월도에겐 낙원과 같이 아름다웠다. 이 별장의 구입은 강월도에겐 '생애 하나의 성취'라고 말할 수 있는 것이었고 스스로 자랑스러워했다.

한국의 어머니와 형제들, 조카들을 모두 초청해서 처음으로 이 산장에서 파티를 했다. 강월도 답지 않게 처음이자 마지막으로 '효도'라는 것을 했다는, 그의 표현에 의하면 '자신의 또 다른 일면'을 보여주었다.

그 후 강월도가 농담식으로 자신은 '조국을 위해 낙원을 버리고 왔다'는 표현에서, 낙원의 의미는 바로 자신의 40대, 바로 이 별장을 가리키는 말이었다.

19. 천재 극작가

✳

우리 차이나맨 찰리는 나쁜 사람이 아녜요. 오히려 내일의 한
가한 멋을 갈구하는 매우 여유 있는 동양 군자죠. 그런데 무엇
보다 생존의 멍에가 지워져 있는 이상 인간성, 양심, 품위, 고
귀성 따위는 아예 접어두고 사는 것 같아요. 그럴 때면 정말 고
뇌하는 사람 같다는 생각도 들고, 슬픈 사람 같다는 생각도 들
어요. 그는 고군분투하고 있지만 견뎌낼지 모르겠어요.

또 차이나맨이 유태인같이 용의주도하게 열심히 일한다는 건
저도 인정합니다. 하지만 별로 참을성이 없는 것 같아요. 동양
인 같지 않게 빨리 한몫 벌어서 쥐새끼들의 생존경쟁에서 빠져

나가겠다는 심사예요. 뭐 여기 사는 유태인처럼 캣스킬 (Town of Catskill) 산속 호반에 조그마한 별장을 구해서 거기서 살겠다나요! 옛날 월든 호반에서 헨리 토로가 살았듯이 말입니다. 좀 돈 것 같아요. 통 이해가 안가요.

도대체 왜 차이나맨이 먼 아시아에서 여기까지 와서 캣스킬 산속 같은 엉뚱한 곳으로 가서 은퇴를 하겠다는 건지?"

—희곡 〈뉴욕의 사는 차이나맨의 하루〉 얼빙(김인수 분)의 대사 중에서

복사집을 겸하던 강월도의 파나카피는 어느 날 근처 회사로부터 엄청난 양의 복사물을 의뢰받는다.

중국인 유학생을 고용하며 며칠에 걸쳐 하루 3시간 밖에 못자며 복사를 하던 중 그 복사물이 미 정부와 관련된 심상치 않은 자료임을 알게 되었다. 자세히 살펴보니 미국의 월남전 개입에 명분이었던 '통킹만 사건'이 조작이었다는 내용을 담은 미 국방부의 기밀문서임을 눈치 챘다. 나중에 '펜타곤 페이퍼'라고 이름 붙여진 떠들썩했던 사건의 증거물이었다.

이 문건의 존재와 그 사용법에 따라 엄청난 파장을 몰고 올 물건임을 강월도는 금방 꿰뚫는다.

❋

저것을 두 장씩 복사한 후 국방성을 협박해서 돈 좀 뜯어낼까? 명분도 있다고 생각했지, 이 기밀문서를 폭로하면 미 의회가 월남전에 출자하는 것을 막을 수 있지 않을까?

지금 생각해 보면, 그럴 것이 1972년 당시 미국은 월남전의 진퇴양난에, 워터게이트 사건이 터지고 사회는 온통 음모론과 폭로전 싸움이 벌어질 때였다.

❋

나에겐 당시 무거운 짐, 신중한 책임의식이 있었어. 나는 역사를 밝힐 의무와 소명의식이 있었기 때문이었다. 진실을 세계에 알리고 싶었다. 미국이 어떻게 이 세상을 망쳤는지 폭로하고 싶었다.

그러나 강월도는 며칠 후 그 내용이 '펜타곤 페이퍼'라는 제목으로 뉴욕타임스를 통해 폭로된 사실을 알고 실망한다.

이때 만들어진 것이 그의 장막 희곡 〈뉴욕에 사는 차이나맨의 하루〉였다. 미국 한복판에서 동양인이 운영하는 복사집을 통해서 일어날 수 있는 에피소드들을 섞어 미국인, 흑인, 다음 계급이 자신과 같은 이민 온 제3 인종들, 그들이 미국사회에서 겪은 애환과 소망을, 주인공 찰리를 통해 담았는데, 바로 주인공이 당시 작가 자신이었고 생활 그 자체였다.

〈뉴욕에 사는 차이나맨의 하루〉 포스터

주인공 찰리 역 (신구 분)

〈뉴욕에 사는 차이나맨의 하루〉는 1986년 2월 26일~3월 23일까지 〈The crime of this life〉라는 제목으로 뉴욕, 샌포드 마이스터 극장에서 초연 되었다. 이때 KBS 〈문화가 산책〉에 소개되고 한국 특파원과 인터뷰하면서 강월도는 처음으로 컬럼비아 박사, 천재 재미 연극가로 한국에 정식으로 소개된다. 그리고 그 다음해 1987년 한국으로 귀국한다.

뉴욕 샌포드 마이스터 극장에서 한국 특파원과의 인터뷰(1986년)

旭아!!

…(전략)

떠난지 15년, 너도 나이가 몇살인지 人間(인간)반평생을 사랏다고해도 마
은이 아닌대 結婚(결혼)도 안하고 너의 생각을 알바가 업구나. 뉴욕에서
취직도 못하고 전잇던 학교에도 안가고 무엇을 할 애정으로 미국에서 우
왕좌왕 하는지 네 나이에 자리를 못잡고 있으면 생각을 바꾸어서 한국에
나와서 생활방침을 생각해보아라. 여기 아가시들은 만이 있는데 결혼해
서 토대를 잡는것이 너애 장내를 위해서 꼭 해야 한다. 나이먹고 재산도
없고 가정도 안가저면 비참한 생활을 상상해 보아라. 돈이 업서 못하는건
지 이 어미속을 태우게 하지말고, 부디 부탁한다 어미가 죽어도 눈을 감
고 죽을 수 잇게 結婚(결혼)하여 다오.

-1969년 11월 6일 母書

旭아!!

…(전략)

20년이나 되니 한국 풍속을 잘 모터고 집안일도 생각지를 안하겠 되는지
는 모르며 맛아들로서 너의 責任(책임)을 생각해야 한다고 생각한다. 네
가 아부지 대신 兄(형)애 역할도 해서 동생들을 통솔해야 안겠니. 널건 父
母(부모)가 生活(생활)에 책임을 부담하기에는 너무 힘에 겨웁다.

그래서 내가 생각하기에는 네가 한국 나와서 大學(대학)교수라도 하고 신
문사에 취직이라도 하고 生活(생활)기반을 잡으면 나도 마엄 든든하고 출
판사라도 시작하면 편히 生活(생활)을 할 수 있으리라 본다. 욱아 이런말
써기도 실타. 너는 장사해서 돈만이 버러서 돈은 잇다고 하자. 돈만 가지
고는 人間(인간)이 하고 싶흔 것을 다 할 수가 잇나. 지껌은 그른 고독을
넉끼지 못하고 잇겠지만 욱아 외 정신차리지 못하노. 욱아 내 말 명심하
여라 정말 조흔 상대 구해라.

너는 무엇이 그러캐 밥뿐이 片紙(편지)도 업는지 너에 생각을 이해 할 수
가 업구나. 일년에 한번이라도 片紙(편지)를 해야 하지 안니? 客地(객지)에
서 苦生(고생)하고 잇는대 걱정되는 부탁만 해서 나도 조흔기분이 아니다.
정말 부탁하니 잘 생각해 보고 답을 하여라.

-1975년 1월 10일 母書

4부

어쩐지 돌연변이

20. 이방인

❋

오늘이 첫날이다. 한국에 살기로 돌아와 새 출발의 첫날,
8월 24일 아침에 뉴욕서 출발해 밤이 없이 낮이 한 스무 시간
계속하다 서울에서 저녁을 맞아진 날이다.
새벽이 들창 밖으로 펴져 나가는데
구름 낀 하얀 하늘이다.
큰 실수 없이 뜻 있는 새 출발을 추구하여야 하는데
한 편 언제와 같이 모든 것이 마음대로 되지 않는 것 같고
보이는 미래는 정확하지 않다.
무엇을 원하는가?

아니 나는 원하는 것은 많고 다 안다.

문제는 얼마나 건전히 노력해서 될 수 있는가?

같이 살고 일할 주변의 사람들과 같이 노력하고 성취할 수 있
는가?

오늘 십 년의 미래가 내 노력의 손에 구조되 나가기를 바랄 뿐
이다.

-1987년 8월 25일 화요일, 강월도 일기 중에서

1987년 여름, 강월도는 서울로 귀국한다. 한국을 떠난 지 33년
만의 일이었다. 올림픽을 앞두고 한국의 문화계는 많은 국제적인
공연, 행사들을 유치하고 국제적인 감각의 많은 예술인들의 활약을
기대할 때였다. 언론에서는 컬럼비아대학 철학박사이며, 뉴욕의 극
작가인 강월도의 귀국을 반갑게 환영한다.

이태섭 교수의 말이다.

1987년인가 한국으로 귀국한 강월도 선생님을 모시고 집을 보
러 다녔습니다. 미국에서 매일 수영을 하셨다고 처음에는 수영
장이 있는 집을 찾았습니다. 한남동에 있는 수영장 딸린 럭셔
리 콘도를 보러갔었고 무척 마음에 들어 하셨습니다. 그러나
너무 비쌌고 결국 사무실을 겸하신다며 성균관대 뒷골목에 있
는 5층짜리 건물 '한 층을 전부'를 계약하셨습니다. 당시 저는

솔직히 좀 별나다고 생각했었습니다.

…(중략)

강 박사님이 미국에서나 한국에서나 방랑자처럼 가방 메고 사색에 잠겨 담배를 피우시던 모습이 선한데, 한국에 오셔서 제가 소개해 드린 연극계 몇몇 분들의 눈엔 그 모습이, 나중에 듣기에, 약간 거슬렸던 것 같았습니다. 이방인으로 취급을 하더라구요. 그 후 저는 미국으로 돌아갔고 강 박사님이 한국 연극계와 좌충우돌하시면서 권위주의와 비합리적인 집단문화와 관습과 싸우시느라 고생하신다는 얘기는 들었습니다.

…(중략)

제가 잠시 서울에 귀국해서 찾아뵌 적이 있었습니다. 그때 구했던 성대 앞 빌딩에서 공연 잡지 '서울벽보'를 만드시면서, 한쪽은 재임대를 주고 계셨습니다. 아 그랬구나! 생각했습니다. 강 박사님은 항상 무언가 본인의 주장 같은 것을 직접 flyer(A4 한 장짜리)로 만들어서 주위 분들에게 돌리시곤 했습니다. 어떤 분들은 이런 행동이 익숙하지 않아 이해하려 하지 않고 약간 이상한 분으로 매도하기도 하였네요.

－이태섭

한국에 가족이 없는 강월도가 서울에서 처음 살 집을 정한 곳은, 명륜동, 성균관대학교 정문에서 100여 미터 오른편 큰길 중앙에 '피네다방'이 있고, 그 옆 골목으로 들어서면 유명한 '홍성집'(막걸리 시키면 안주를 무료로 주던, 지짐과 깍두기 정도지만), 그 앞에 떡 버티고 있는 5층짜리 커다란 상가건물이었다. 아래층에는 성균당구장이 있었고, 가족도 없이 혼자인 그였지만 5층 전부를 세내었다. 당시 주위 사람들은, 앞으로도 종종 벌어지는 그의 이런 예상 외의 행동들이 하나하나 기이하게 보였고, 한편 돈 많은 재미사업가의 통큰 모습으로도 보여 기억되고 회자되었다.

그는 언젠가 "왜 그랬어요?" 돌발질문을 날린 나에게 말해주었다.

한국에 와서 친구들 집에 초대받아 가보니 모두들 좋은 동네에서 으리으리하게 큰집에서들 혼자서 살고 있어 놀랐어. 뉴욕 같으면 세금 때문에 상상도 못하지. 조금 고치면 10명 이상 세놓을 수 있는데, 그러면 얼마야? 월 수백도 더 나올 텐데, 돈을 땅에다 깔고들 사는 거야.

한국에 처음 들어와 연극하는 사람들하고 이야기하다보니, 극단들이 대학로 주위에 변변한 연습실이 하나 없어 애먹는다고 하더라. 그래서 그때 이태섭이 하고 살집 구하러 다니다가 대학로 근처 그 빌딩을 발견했지. 위층 한층 다 임대했어. 나는 옥탑 방에 살고 나머지는 다 연습실로 개조해 빌려주면 임대료 빼고도 생활비까지 충분히 나올 수 있는 구조였어.

강월도는 한국에서 본격적인 연극 활동을 위한 준비 작업에 들어갔다.

마치 매일 산보를 하듯 그는 연극운동을 시작하였다. 당시 그의 일정을 살펴보면 대부분 오후 2시에는 동숭아트센터 내 카페 '라르고', 샘터사 1층 밀다원, 혹은 혜화동 구민센터 건너편 '시문화회관'에서 친구들과 만날 약속을 하였다.

당시 대학로에서는 하루 10여 편의 연극이 상연되고 있었는데, 강월도는 저녁마다 그 공연들을 하나하나 빠짐없이 다 보고 다녔다. 밤에는 연극관계자들과 만나 한국의 공연환경에 대해 이야기를 나눴다.

먼저 자신의 희곡 중 〈어쩐지 돌연변이〉를 첫 귀국 작품으로 무대에 올린다.

연극 〈어쩐지 돌연변이〉 포스터

한국은 서울올림픽 준비가 한창이던 1988년 3월이었다.

〈어쩐지 돌연변이〉는 강월도가 미국생활을 해오면서 느꼈던 교포사회의 폐쇄성과 부조리, 한인교회가 신도들을 모으기 위한 상술로 퍼트린, '목사 딸이 동정녀로 알을 낳았다'는 등의 이야기를 담고 있다.

장님 처녀가 알을 낳는다는 설정에서부터 흑인 친구와 사귀고, 동정녀로 임신하고 또 멀었던 눈을 뜨게 되는 사건들, 목회 사역을 오직 돈 되는 사업으로 인식하고 장애를 가진 딸을 헌금모금에 이용하는 목사 부부, 그리고 이들을 이용하여 돈을 뜯어내는 동생, 언니의 꼬임에 빠져 하루아침에 장님이 된 누이동생, 중간에서 부화뇌동하는 나약한 삼촌(죠지)는 이러지도 저러지도 못하는, 모두 '어쩐지 변태'라는 의미다.

주인공이자, 관찰자 죠지는 강월도 자신을 대신한 것으로 가족들의 기대 속에 어렵게 미국에 유학 와서 엉뚱한 길을 가고 있는 자신의 정체성과 변태성을 역으로 고발하는 작품이다.

서울 공연 당시 한 신문과의 인터뷰에서 강월도는 '한국에 와보니 기적을 바라는 사람이 너무 많았습니다. 성숙한 사회는 기적을 원하지 않습니다. 세계 문명의 첨단을 걷는 문명인으로서 한국 사회는 일종의 정신분열증에 걸려 있다는 말입니다. 또한 기적은 범죄를 많이 닮았죠'라고 말했다.

작품의 주제가 '기적'이면서도 끝까지 '기적은 없다.' (자신이 미국에서 어려운 처지임에도 불구하고) 결코 어떤 '기적을 바라지 않는다'는 당시 강월도의 의지도 엿볼 수 있는 작품이다.

이 작품의 처음 제목은 〈어쩐지 돌연변이〉아니라 〈어쩐지 변태〉였다. 그러나 한국에서는 그 제목으로 공연심의를 통과할 수 없어 우여곡절 끝에 '변태'를 '돌연변이'로 바꾼 것이다. 당시 작가 강월도의 말을 들어본다.

✳

한국 사람들의 후천성 '결벽증'에 타협하느라 멀리 미국에서 붙인 원제 〈어쩐지 변태〉를 〈어쩐지 돌연변이〉로 바꾸어야 했다. 그나마 위로가 되는 것은 처음 석자, '어쩐지' 뒤에 두 자가 아니라 넉자의 '돌연변이'가 붙게 되어 말의 순서에 있어 비중이 끝에서 더 무겁게 느껴져 좋다고 본다.

그러나 강월도는 가장 자신이 있었던 자신의 희곡 〈어쩐지 돌연변이〉를 귀국 첫 작품으로 선택했지만 예상 밖의 부정적 평가와 배타적인 공연문화에 많은 어려움을 겪는다.

한 평론가는 '서울올림픽이라는 국제적 마케팅 상황과 문화적 뷔페에 먹을 것을 찾아오는 해외 예술가들에 대한 경계심이 묻어난다.'고까지 말했다.

그는 무엇보다 미국과 다른 한국의 공연문화에 적응해야만 했다. 그러나 어제까지 30년 간 미국에서 살다 왔던 그는 쉽지 않았다. 그를 거만한 미국인으로 느꼈던 동료도 있었고, 좌충우돌하며 상처를 받았고 결국에는 쓰러지기까지 했다.

＊

작가로서 나는 내 작품이 연습에 들어가면서 얼마간 지켜보다 병이 나기 일쑤였다. 이미 초반부터 연출의 개작 요구에 시달리게 되고, 그러다보면 연습의 진전과정을 지켜보기가 괴로워 결국은 병이 나는 것이었다. 이번에도 예외 없이 연습을 지켜보며 연출의 계속되는 개작요구에 응하려 노력하다 결국 쓰러지게 되었다.

〈어쩐지 돌연변이〉 다음 작으로 귀국 전인 1986년 뉴욕 샌포드 마이스터 극장에서 올렸던 〈뉴욕에 사는 차이나맨의 하루〉를 1991년 〈이승의 죄〉라는 제목으로 문예회관 대극장에서 윤호진 연출로 올렸다. 동시에 이 작품은 서울연극제에도 출품되었다.

이 작품은 미국에서 〈The crime of this life〉 제목으로 초연되었는데 이것이 문제가 되었다. 서울연극제는 국내창작극이 심사대상인데 이 작품이 과연 '창작극인가 번역극'인가였다. 당시 어려움을 겪었던 작가 강월도가 밝힌 해명서다.

〈뉴욕에 사는 차이나맨의 하루〉의 한국판 〈이승의 죄〉는 작가가 모국어로 쓴 아직 공연되지 않은 원작 창작극입니다. 영문판 〈The crime of this life〉는 역시 작가가 쓴 원작으로 미국 뉴욕에서 공연된 바 있습니다. 그 둘 중 어느 것도 번역극이라고는 말할 수 없을 것입니다. 사무엘 베케트가 쓴 〈고도를 기다리며〉의 영문과 불문판 둘을 두고 어느 것이 번역이라 말할 수 없고 둘 다 그의 원작 창작극이라 보아야 하겠습니다.

그때의 일을 당시 연출을 맡았던 윤호진 교수(단국대)는 기억한다.

연극 〈뉴욕에 사는 차이나맨의 하루〉의 마지막 장면

내가 연출한 〈뉴욕에 사는 차이나맨의 하루〉은 미국에서의 공연과는 상대가 되지 않을 정도로 한국에서의 공연은 몇 배 큰 공연이었고 그래서 강월도 선생은 무척 감격했지요.

서울연극제에 출품되면서 번역극이 아니냐는 소란은 있었으나 출품작 중 가장 작품성이 뛰어났고, 흥행에도 제일 성공하면서 더 이상 문제가 되지 않았습니다. 물론 다시 공연된다면 또 한 번 맡아볼 의향은 있습니다.

21. 서울벽보

＊

오늘날 한국 연극계는 연극협회가 발간하는 기관지만이 있을 뿐, 민간이 주도하는 연극전문 간행물이 없다는 믿을 수 없는 공백이 있다. 동숭동 거리의 어지럽게 나붙은 벽보들을 보면 오늘날 한국 연극의 혼란스런 현장을 한 눈에 보여준다. 더욱이 아직 한국의 일간지나 종합 잡지는 문화생활을 위하여 신뢰할 수 있는 촉매적인 정보와 비평을 신속하게 보급하지 못하고 있다고 본다.

한국 연극의 번성을 위해서는 기관지의 '중립성'에 구애됨이 없이 자유로운, 그러면서도 때로는 편파적일 수도 있는, 민간 주도의 연극 전문 간행물이 절대로 필요하다고 보았다.

■ 강월도, 『한국연극』 1988년 11월

강월도는 한국 공연계의 근본적인 문제점중 하나가 '공연 전문잡지가 없다'였다. 좋은 공연이라도 많이 알려져야 하는데 관객을 극장으로 끌어들이는 홍보매체가 하나도 없음을 안타깝게 생각하였다. 그래서 자신의 직접 경험한 뉴욕의 선진 공연문화를 서울 연극계에 접목시켜보려 했는데 그것이 바로 공연 잡지의 창간이었다. 뉴욕의 공연 정보지 '플레이빌(PlayBill)'의 벤치마킹이었다.

1988년 3월 드디어 우리나라 최초의 공연정보지, 이름도 독특한 '서울벽보'가 창간된다.

지금이나 당시나 잡지를, 그것도 개인이 발행한다는 것은 보통 문제가 아니었다. 일반 상품처럼 물건을 팔아서 수익을 남기는 것이 아니고 매달 수천만 원의 광고와 후원이 들어와야 하는 일이었다. 결국 강월도는 몇 달 못가 자신의 52번가 뉴욕의 건물을 팔았다.

강월도는 자신의 이 '서울벽보'를 통해, 한국의 진정한 연극발전을 위해 그동안 마음먹었던 자신의 생각을 하나씩 캠페인으로 펼친다.

먼저 자신이 몸소 체험한 뉴욕 오프브로드웨이의 소극장 소개와 함께 당시 철거위기에 몰렸던 동양극장 살리기였다. 또한 서울시에 시립극단의 신설을 촉구하는 글을 실었다.

국내 최초 공연정보지 '서울벽보' 표지

당시 자신의 잡지 서울벽보 사설이나 신문 잡지에 실렸던 강월
도의 글들은 뒤 부록 편에 수록했다.

부록 (1)　　'미국의 소극장의 개념과 운영' 제목의 논단

부록 (2)　　옛 극장을 구제하자(서울벽보 좌담)

부록 (3)　　극작가 강월도 씨 등 서울시(市)에 건의, 시립극단
　　　　　　(市立劇團) 만들도록(동아일보 기사)

부록 (4)　　서울시립극단 창단 백서(1993) 단장선출에 관하여
　　　　　　(공연과 리뷰 기사)

(부록 편 참조 ⑤ '서울벽보')

또한 한국 연극의 활성화를 위한 방안으로 성인극의 필요성 또

한 역설하며 자신의 희곡 〈뻔데기전〉을 무대에 올렸다.

❋

내가 한국에 돌아와 2년 넘게 연극계를 지켜보면서 정말 개탄한 것은 어른 관객이 없다는 것이다. 여러 가지 이유가 있다고 본다.

첫째, 연극을 보러 다닐 정신적, 시간적 여유가 한국 어른들에게 없을 거라는 것이다.

둘째로 어른 관객을 위한 성인 연극이 없다는 것이다. 장기적으로 성인연극을 올리고 성인관객을 만들지 않으면 한국 연극의 장래성이 없다는 것이다.

〈뻔데기전〉은 어른들을 위한 연극이다. 명실공이 이 연극은 미성년자 관람불가이고 젊은 대학생들이 와서 보면 환영하지만 크게 기대하지 않고 성인관객이 많이 와서 보아 주시를 바란다.

−강월도

1987년 창간된 '서울벽보'는 뉴욕의 건물까지 파는 등 그 후 어렵게 총 7호까지 발행되었지만 결국 종간하고 만다.

강월도가 공연계에 뿌린 씨는 그로부터 5년 후 1993년 내가 대표로 있는 늘봄에서 본격 문화공연정보지 '월간 서울스코프'가 창간되며 싹을 틔운다. '서울벽보'가 일본의 공연정보지 '삐아'와 '한국연

167

극' 연극평론지를 합친 모델이라면 '서울스코프'는 프랑스 순수 문
화정보지 '파리스코프'를 모델로 하였다.

'월간 서울스코프'는 한국의 영화, 연극 등 공연정보를 한글뿐만
아니라 한국을 찾은 외국 관광객들을 위해 영문, 일문으로 발행하
며 그 후 15년간 발행되었다.

뒤이어 '시네마데끄', '문화정보', '영화저널', '극장가이드', '세종
문화가이드', '씬-플레이빌', '문화엽서' 등 한국의 문화정보지 창간
의 르네상스시기를 맞이한다.

'월간 서울스코프', '주간 파리스코프', 미국의 무가지 '플레이빌',
일본의 주간 '삐아', 월간 '씬-플레이빌' 순

다음은 강월도가 주창한 성인극이다.

연극 〈뻔데기전〉 무대 디자인

당시 신문기사

❋

뻔데기 전

무대는 어린 시절에 뛰며 놀던 동산의 모습이면서, 무대가 호텔 방이 되어야 할 때는 동산의 작은 언덕은 누울 수도 있는 두 개의 침대가 된다. 소도구로 필요한 것은 두 개의 베개, 전화 등이었다. 극의 맨 끝에 가서 그 언덕과 같은 침대는 '뚜껑'이 열리면 관이 되고, 뚜껑이 닫히면 그것은 무덤이 되기도 한다. 막이 내리면서 두 광대가 죽음의 천사, 또는 저승의 사자처럼 그 위에서 춤을 추고 노래를 부르기도 한다.

연극은 반주에 맞춰 종을 흔들고 북을 치며 노래하는 광대의

'뻔데기 팔자 타령'으로 시작해서 끝으로 그들의 '상여 타령'을 막이 내린다. 이렇게 타령으로 시작해서 타령으로 끝나는 것이 기대하였듯이 인상적이었고 좋다고 본다.

이번 공연의 두 남자 광대들은 뻔데기를 파는 두 상인과 인검나온 두 경찰의 역도 맡고, 끝에 장례를 이끌어 가는 죽음의 천사, 또는 저승의 사자 역을 맡기도 한다. 여기서 광대들이 뻔데기로 보일 수 있는 의상과 분장을 한 서양식 광대로 나왔는데, 그보다는 전통적인 우리 의상을 입은 저승사자로 또는 상여꾼으로 분했던 것이 더 나았을 뻔 했지 않았나도 생각해 본다.

출연배우: 이문수, 박석진, 이호제, 유형관, 배상돈, 한수미

친구   너 출출해? 뭐 좀 시켜다 먹을래?

월도   괜찮아, 호텔에 주문하기에는 너무 늦었지.

친구   다 할 수 있지, 요 근처에 내가 아는 술집에 전화해도 되고 밤참 겸 술안주를 좀 가져 오래지 뭐.

월도   너, 술 더 할 거야?

친구   근데, 넌 삼십 년 동안 그 좋다는 미국 가서 장가도 못가
      고 뭐가 좋다는 거야! 뭘 했니? 정말 삼십 년 나미아미타
      불 아냐?

월도   장가야 젊었을 때 멋모르고 가야지, 나이가 들면 점점 더
      어려워지지.

친구   이승만 박사처럼 백마나 하나 잡아타고 나오지?

월도   백마도 타보고, 흑마도 다 타 봤다.

친구   한 수 치시네! 야! 흑마 맛이 어떠냐?

월도   걔들은 애처롭게 운다.

친구   야! 흑마고 백마고 너 정말 장가 안 갈래?

…(후략)

(부록 편 참조 ⑥ 〈뻔데기전〉)

171

22. 결혼

강월도 선생님이 어느 날 느닷없이 결혼식을 올리신다고 해서 놀랐습니다.

다행이다 싶으면서도, 항상 '결혼'이라는 것에 회의적이었고 어떻게 보면 자유주의자적인, 자유를 추구하는 성향을 지니셨기 때문이죠. 언제나 말씀 중에 '누구랑 같이 계속 지낸다든가 잠을 같이 잔다는 것은 상상할 수 없다' 하셨기 때문에 의외였었습니다.

혜화동 카페 라르고에서 결혼식 올릴 때 갔었습니다.

그 후 성북동 올라가는 곳 다세대주택 신혼집을 방문했었는데, 그 당시 미모의 사모님이 아주 따뜻하게 저녁밥을 지어주셨던 기억이 새롭습니다.

당시에는 강 선생님도 이젠 '보통사람들과 같이 편안하게 인생의 후반기를 보내시겠구나'하고 생각했었습니다. 그러나 그 후로 어떻게 결혼생활이 이어졌는지 이혼했다는 얘기를 들었습니다.

언젠가 제 결혼소식을 선생님께 알려드렸었는데 그때 제 나이가 41세였었거든요. 그런데 보자마자 하시는 말씀이 '나는 네가 부러운데 왜 결혼을 하려고 하느냐'며 나무랐던 것이 기억납니다.

－이태섭

강월도는 귀국 후 연극 활동과 함께 성균관대학교, 서울예전 등에서 철학과 연극 등으로 강의를 하였다. 귀국한지 4년 후인 1992년 미국시민권을 포기하고 경기고 선배인 한성대 원형갑 학장의 소개로 한성대 철학과 전임으로 발령받는다. 그의 서울 정착은 드디어 안정을 찾는 듯 보였다.

그의 첫 철학 논평집 『이성과 미의 축제』(서울: 한신문화사, 1992)를 발표한 것은 이때였다. 계속해서 그는 6권의 시집을 출간하고, 언론매체에 종교와 철학, 언론과 언어의 과학화 등에 대한 많은 제언과 논평문을 게재하기 시작했다.

1992년 당시 57세 시인 조병화 선생의 중매로 강월도가 결혼을 한 것도 한성대 발령을 받았던 이때였다. 그러나 강월도의 결혼생활은 몇 달이 가지 못했다.

다음은 조병화 선생의 주례사 겸 축시다.

사랑의 둥지

— 강월도(시인 극작가)과 신부 OOO, 결혼을 축하하며

오랜 세월을

실로 오랜 오랜 세월을

자유스러운 날개로

자유스러운 생각의 하늘로

자유스러운 생존의 하늘로

자유스러운 사상의 하늘로

자유스러운 비상을 하면서

온 천하를 철학하면서

긴, 긴 방황의 여로를 살아왔습니다.

집이 없는 것도 아니고

집이 있는 것도 아니고

고향이 없는 것도 아니고

고향이 있는 것도 아니고

조국이 없는 것도 아니고

조국이 있는 것도 아닌

완전무결한 자유인!

오늘 이제 이곳에

사랑의 둥지를 틀고

그 고달픈 날개를 접고 내리니

신랑은 아내에게 더 큰 사랑을

신부는 신랑에게 더 큰 자유를

그리하여 서로 외롭던 몸 더 따뜻이 녹이며

오래, 오래 이 세상 다할 때까지

한 보금자리를 지키려니

오, 신이여

이곳, 이 사람들에게

무한한 축복을 내려 주소서.

−조병화,『다는 갈 수 없는 세월』(혜화당시선, 1992)

23. 나의 엔젤들

❋

'남자가 젊은 여자를 좋아하는 것은 어쩌면 지성과는 전혀 별개의 문제다.

여자의 아름다움, 젊음, 애교, 성격, 단점, 변덕… ,

그 밖의 말로 표현할 수 없는 여러 가지를 좋아하지만 결코 여성의 지성을 사랑하지는 않는다.

이미 사랑에 들었으면, 지성은 연결하는 역할은 충분히 할 수 있을 것이다.

그러나 불타오르게 하고 정열을 불러일으키는 힘은 지성에는 없다.

어쨌든 새로운 여성을 알게 될 때마다 나의 세계관은 두 배로 넓어졌다.'

17세 울리케를 사랑했던 70세 괴테의 말이었다.
남자들에게 여행이란 새로운 여성을 만나기 위함이라니 특히 나에게는….

　　　　　　　　　　　　　　　　　　　　　　　　　－강월도

강월도는 19세에 조국을 떠나 젊은 청춘을 미국에서 지냈고, 33년을 해외에서 지내고 50세가 넘어 귀국했다. 그리고 서울에서 15년 간, 죽는 날까지 혼자 살았다.

월도 선생은 마광수 교수와 가까웠습니다. 마광수 교수의 여성 신체에 대한 어떤 탐미적인 취향, 좀 집착적인 부분을 지지한다고나 할까, 강월도 선생도 드러내 놓고 예찬하는 측에 속한다고 봅니다. 언젠가 제게 이런 말씀을 하신 적이 있죠. '자신의 여행 목적 중에 하나가 새로운 여성을 만나는 것' 이라고.

　　　　　　　　　　　　　　　　　　　　　　　　　－이태섭

강월도에게는 죽는 순간까지 많은 여인들이 따랐다. 구부정하고 우울한 인상에, 말투는 어눌했지만 그와의 대화는 한 마디 한 마디

고급한 세상의 말이었고, 그런 점이 여성들에게 매력으로 다가왔다.

> 첫 인상은 이상했어요, 그런데 그와의 대화는 강한 매력으로
> 다가왔어요. 도발적일 정도로 진솔하고 지적인 대사들…, 선배
> 언니를 소개해 준 적이 있었는데 그 선배와 계속 만나는 것에
> 질투가 났어요.
>
> —장○○

여인들 중에는 괴테처럼 강월도를 안타깝게 한 울리케도 있었다. 어쨌든 강월도에 있어서도 여인들과의 사랑은 예술가로서 창작욕을 불러일으키는 원동력이 된 것만은 분명했다. 그가 남긴 많은 편지들, 사진들은 대부분 여자들의 것, 여자들과 함께 한 것들이었다.

그의 작품 중 (탈고 되지 않은) 가장 나의 관심을 끌었고 흥미로웠던 것은 '엔젤(Angel)'이었다. 그의 유품을 정리하다가 어느 날 바인더 속에 잘 보관된 'Angel'이라는 제목의 두툼한 원고를 발견했다. 그 속에는 50명이 넘는 여인들의 사진들, 그들에게 보내려는 듯 '연정'의 서신과 그 밑에 한 명 한 명 그녀들에 대한 감상을 적어 책처럼 엮어 놓은 것이었다.

'엔젤'—강월도의 '천사'는 누구였을까?

이 원고를 잘 살펴보면 자신의 학창시절부터 시작하여 50살 전 생애를 살아오면서 만난 여인들 중 의미 있었던 50여 명의 여인들을 골라 연대순으로 정리해 놓았다. 그 중에는 10대 어린 소녀에서, 20대 제자도 있었고, 독일 여자도, 프랑스 여배우도 있었으며 30대 후반 인디애나대학 교수도 있었다.

그 중 한국 여인은 20여 명인데 어릴 적 짝사랑 했음직한 S라는 고향 누이도 있고, 미국의 이모도 있으며, 알 듯 한 인사도 있다. 대부분 성숙한 여인들로 하나같이 출중한 미녀들이었다.

서신으로 보아, 인상으로 보아, '창녀'도 있고, 깊은 관계가 있었던 연인도 있다. 또 친구로 사귀었거나, 멀리서 사모했거나, 순순하게 플라토닉한 관계만으로 지낸 경우로 있었던 연인들이다. 대부분 강월도의 특기인 이리저리 잘라 붙이는 꼴라지(collage) 스타일들의 사진이었고, 사진 아래 자신만 기억하게 익명의 이름들을 써놓았다. 대부분 이니셜이나 Phoebe, Gaia, Nemesis, Muse, Fauna, Hera, Voluptas 등 그리스 로마 여신의 이름을 붙였다.

그리고 'Angel' 앞장에 서(序)를 붙였다.

✳

서양 여인을 '엔젤'이라고 말하는 것이 한국인들에게 아직 부담스러운가?

영어 '엔젤'은 우리말의 '천사', 나 '선녀'와는 다르다.

딱히 우리말로 번역이 안 된다는 점이다.

나는 여기 나오는 모든 엔젤을 사랑했다.

나에게 기회를 준 모든 엔젤을 사랑했다.

내가 나에게 기회를 준 여자를 슬프게 했다면,

어느 여자가 아름다운 몸짓으로 나를 초대했을 때

내가 반응을 하지 않았다면,

그건 내가 사정을 모르는 경우 일 것이다.

무슨 부득이한 사정으로

나 자신에게, 그리고 그녀에게

다음 기회를 약속했을 것이다.

―강월도

여기 강월도가 원고에서 엔젤들에게 남긴 편지 중 일부를 옮긴다.

이러면 세상이 그를 다시 봐줄까? 그가 쓴 여인들의 가명을 또 가명으로 썼다

※ Dear 플로라(Flora)

'우리는 젊음을 함께 했어, 이른바 컬럼비아 캠퍼스의 잃어버릴 세대
(1959년)였지.

당신은 아름답고 차가운 고양이,

우리는 우리의 길을 가야했지. 나는 한국으로,

잘 살아….'

그녀는 스미스(smith) 대학을 졸업하고 컬럼비아대학교 근처에 살면서
글을 썼다. 내가 컬럼비아대학생으로 있으면서 그녀를 만났고, 우리는 몇
년 친구로 지냈다.

만나면 헤어지는 법이랄까! 결국 그 마지막 날, 만취한 그녀를 나는 거부
하고 우리는 헤어졌다. 그 후 그녀를 갈망하고 불태웠거늘.

그녀에게 마사(Marsha)라는 아름다운 동생이 있었다. 물론 나는 그 동생
을 만났고 잘 지냈다.

오! 사랑스런 플로라와 마사(Marsha), 몇 년을 두고 대학원 시절 자매를
차례로 사랑했으니.

❀ Dear 포이나(Poena)

이 사진이 언제일까 기억이 나지 않아, 아무튼 잘 보관할 것이고…,

아 사랑스런 포이나, 우리는 자주 만났지,

전화를 걸었지만 연결이 되지 않았어.

우리가 다시 만난다면 사랑을 할 거야.

영원히 기다릴게.

❋ Dear 메세데스(Mescedes)

우린 하와이 호노룰루의 밤에 만났지.

며칠 후 너는 나를 찾아 뉴욕에 왔어. 나는 너라고는 상상도 할 수 없었어.

1980년 한국을 방문하고 막 뉴욕에 돌아왔을 때, 넌 재수가 좋았어.

암스텔담과 웨스트 센트럴 팍 사이 86번가에 임대업을 막 시작할 때라

빈 방도 많았지.

나는 나만을 위한 너의 스트립쇼에 완전히 반했어.

그 후 몇 년 너는 나를 위해 완벽한 댄서였어.

많은 시간이 지났는데 아직 나를 용서 할 수 없어?

젊음의 정열이 지난, 이제 용서의 형식 없이

다시 만나고 싶어….

❀ Dear 헬레나(Helena)

화려한 그리스 여인이여.

당신이 아테네 근처 섬을 돌아다니던 때

나는 너의 주위를 맴돌며 사랑하고 숭배했지.

너는 완벽한 그리스의 여인 헬레나였어.

돌이켜 생각해 보면 그때가 나의 황금기였던것 같아.

우리가 함께 뉴욕으로 돌아왔을 때,

우리 하나가 되려던 꿈은 재가 되어 날아갔지

우리가 그리스 여행에서 불살랐던 그 정열의 불꽃을

다시 살려보려고 했지만 회복되지 않았어.

그 이유가 궁금해

오, 아스트라 아테네의 여신이여

그대들에 사로잡혀 우리는 하얀 돌 거리를 헤매었지

언덕에서 내려와

소크라테스의 감옥이었다는

돌집을 지나 갔었지.

오 아스트라 여신이여

우리는 호텔로 돌아가

바로 침실로 갔지

※ Dear 테미스(Themis)

하이 앤, 당신은 성숙한 아름다움의 여자였어.

우리는 우리 스타일, 사르트르와 보브아르의 삶이었지.

나는 당신의 친절과 사려 깊은 배려에 감사를 느껴.

당신은 천사야 내게 영원히

우리는 기회가 있으면 다시 만날 것이야

우리에게 세월의 지났음은 문제가 되지 않아

모든 것을 같이 누리는 항구의 동료여.

❋ Dear 마가렛(Margret)

우린 하와이에서 다시 만났어, 아직도 당신은 하와이에 있다고 생각해.

1959년, 내가 처음 교수로 더럼에 가있을 때, 당신은 뉴헴프셔대학에서

내 연극 〈어제와 오늘사이에서〉 이모 역으로 나왔지.

당신의 연기는 놀라웠어.

나는 정말로 이모 마가렛과 사랑에 빠졌어.

너는 네 MGM 오픈카로 나를 드라이브 시켜주었고, 생각해 보면 그때가,

네가 뉴잉글랜드 고속도로에서 미친 듯이 속도를 내던 그때가, 미친 듯이

사랑해주던 그때가,

내 인생의 피크였던 것 같아.

나는 당신이 하와이로 이사한 후, 호놀룰루에서 감격의 랑데뷰를 기억해.

그냥 천국이었지.

나는 우리의 영혼과 몸을 다해 미친 듯이 사랑했던 그 많은 순간들을 잊지 못할 거야.

※ Dear 헤라(Hera)

당신은 아름다운 엄마야. 지금 그 아이들은 놀랍게 많이 자라있겠지.

나는 항상 너를 아름다운 엄마로 기억하고 있어.

우리는 그 추운 밤 서로 따뜻하게 했던 것을 기억해.

그러나 당신은 좋은 여자였는데 봄이 오고 나는 멀리 떠나야 했어. 왜였지?

✳ Dear 파우나(Fauna)

우리는 뮌헨 한 지역 양조장에서 만나 맥주를 많이 했지.

너는 나를 완전히 매료시켰어. 그래서 나는 뮌헨에 2개월이나 머물게 되었지.

당신은 미국에 오고 싶다고 했어.

나는 뉴욕으로 돌아가야 했고 너는 나 때문에 모든 길이 막혔다고 경고했다.

나는 네게 너의 모든 길이 다 아름다울 것이라고 말하고 말하고 또 말했지.

우리가 다시 만나면!

물론, 우리는 옛날의 뮌헨으로 돌아가지 못 할 것이고

다시 만나도 어떻게 다시 시작할 줄을 모를 거라

게다가 나는 독일어 다 잊어가니!

※ Dear 데스데모나(Desdemona)

당신은 오레곤에서 온 키 큰 서양여자. 당신은 인디애나 대학 의상학과

선생이었지.

정말로 신선했고 매력적인 모습 기억해. 나는 당신을 존경했어 사랑했지.

여성스런 학교 선생님이 매력적인 모습.

이 사진은 당신의 따듯함과 부드러움을 느끼게 해 주는 일상복 상태야.

당신은 일 년 만에 떠났어. 아쉽게도 당신을 더 알고 싶었는데 시간이 없

었어.

이제 그대에게 뭘 바라겠는가?

인디애나에 1년 있다 후회 없이 떠났고, 그 멀고 먼 광활한 서부로 돌아

갔으니….

※ Dear 티케(Tyche) and 유스(Youth)

당시 둘은 나를 벽에 밀어 부쳤어. 당신들은 위대한 친구들이지.

정말로 아름다운 우정을 가까이서 목격했어. 나는 너희의 세 번째 멤버였

다고 상상했지.

사랑하는 유스, 당신은 나와 티케가 함께 갈 수 있게 마지막 순간에 사라

졌어.

나는 친구에게 충실한 그 독일식 감각을 용서할 수 없어.

다시 만날 수만 있다면, 한번만이라도.

두 '여우'

두 '천사'

너희들이 지옥과 천당을 피해 살아남았다니!

아, 그래도 너희들과 함께한 그날들이 어지러웠지!

세상이 멈추지 않고 뱅뱅 돌았으니!

❋ Dear 가이아(Gaia)

어느 날 너는 나에게 기대며 말했지.

"오늘 네 맘대로 해!"

아! 천사의 목소리였어.

네가 무대 위로 올라가 정열적으로 춤을 출 때

나는 다시 호텔로 돌아와야 했어. 너를 혼자 두고.

가이아 사랑해,

나는 그때 모든 것이 분명하지 않은 미래를 위해,

나의 운명을 위해 떠나야 했지.

아직도 생생해

"당신 맘대로 해"

그 얼마나 아름다운 속삭임이었나.

아, 그대의 춤과 노래를 잊을 수 없으리.

❋ Dear 아이리스(Iris)

1985년 당신은 머물 방을 찾아 나를 찾아왔지,

그로부터 1년간 당신은 나의 아파트에서 함께 살았어.

그대와 같이 살던 그 나날이 그리워.

그대가 한국에 나를 찾아 왔을 때 그대는 너무 아름다웠어.

익명이지만 그대는 지금 무엇을 하고 있을까?

잘 살고 있겠지.

❋ Dear 히게아(Hygea)

1987년, 너를 뉴욕에 남겨놓고 나는 한국으로 돌아가야 했어.

나는 정말 네가 브로드웨이에서 성공하실 바래.

너와 함께 한 브로드웨이의 자전거 산책을 영원히 기억할거야.

새가 날아오른 것처럼 생생하게.

그것은 아름다운 한 장면이었어.

우리는 브라질을 함께 여행했지.

거리서 너와 함께 춘 삼바 춤,

너무 완벽한 시간이었어.

나는 지금 서울에서 파킨슨병을 앓고 있어.

네가 무척 슬퍼할 거라 생각해.

이제는 전과 같이 자유롭지 못 하겠지.

지금 혹시 아이들의 어머님이 되어 있진 아닐 런지.

그대가 자전거를 타고 새와 같이 달리는 모습은 너무 생생해.

브라질 해변 가에서 내가 자전거를 잡고 그대와 같이 있는 이 사진은

정말 내가 가장 좋아하는 사진이야.

이 사진을 보면 너무 상쾌하고 시원해!

아, 우리 다시 리오데자네이로(Rio de Janairo)로 돌아갈 수 있을까!

❊ 서니(Sunny)

우리 서울로 돌아왔지만 뉴욕의 그 시절,

그리고 아! 카리브 해 섬에 갔던 여행을 잊지 못하고 살아갑니다.

그때의 행복한 순간들을 재현하지 못 하겠지요.

추억을 추억에 두고 답답한 현실의 나날을 묵묵히 견뎌 갑니다.

우리가 다시 만나도 그날들을 되살릴 수가 없겠지요.

❊ 진주

부르다 죽을 이름이여!

어린 시절

한 여름 우리는 대천 해변 가에서

가지각색의 조개껍질을 주으며 놀았지

달 밤 그대의 숨결을 느끼며

잠들지 못했지.

나는 그대를 평생 멀리서 지켜봤어

아름다운 환상을 무너뜨릴 수 없으니

영원히 그대의 피아노 소리를 들어

다시 한 번,

다시 한 번,

✳ 누나

왜 우리는 가까이 있지 못했지?
누나의 가슴을 영원히 안고
한 없이 울고 싶어.

✳ Dear 폴라(Paula)

성경을 열심히 읽는 당신을 우연히 만났지요.
당신은 나를 가리비안 섬에 데리고 가 성경 강의하기를 기대했는지 모르
지만
그건 완전 실패였지요.
나는 바다에 수영을 하러 갔지, 성경공부를 하러 가지 않았으니.
그나마 우리에게는 최소의 공통분모가 있었으니,
당신은 젊은 여자요, 나는 젊은 남자였어,
그건 망망한 바다를 바라보며
우리의 섬 여행을 즐기기에는 최악의 필수였지요.
그건 또한 아름다울 수 있었어요.
나머지는 망망대해의 푸르름뿐.

❋ 사랑하는 유경 님

나는 그 여자가 좋았다
바다에 오니,
바닷가를 걸으니
파도에 밀려 모인 작은 돌들을 줍자고 한다
나는 그 여자가 좋았다
섬 끝에 서있는 고성을 보고
성을 한번 돌자고 한다
무겁게 보이는 대포들은 조용히 성을 지켜보고 있었다

나는 그 여자가 좋았다
햇볕이 뜨거우니
침실로 가 쉬자고 한다
침실로 돌아가면
멀리 바다를 내다보며
바닷바람에 시원히
우리는 사랑을 할 것이다.

❋ 유승미 여사님

시 한 수를 다시 읊어 봅니다.

'그렇게 했을 걸
내 마음도 그렇다고 말해 버릴 걸
오라고 가자고 함께 있자고
졸라대며 긴 세월 기다릴 때에
마음 선뜻 정하고 따라 나설걸
어제가 오늘인 줄 알고 있는데
어느 틈에 허연백발 무슨 일인지
그때도 간 세월이 애 었는 데
모래 되면 내일을 또 어제 이겠지'

어디 계시지요
전방의 장군과 같이 조용히 살아지면
안되지요
마지막의 폭음을 기다립니다.

❊ 사랑하는 제주의 승희 님

·

어떻게 지내십니까?

동반하는 시집 광고를 기억하겠지요?

기대하지 않았던 모험이었지. 기발하게

풀어주어 좋았어. 고마웠지

우리는 우연히 운명같이 만나, 나는 너를

초대, 유혹했고, 우리는 같이 살아 보았지.

우리의 작별은 위악적으로 자연스럽지 못한 것,

내 과오이었다고 봐.

우리가 나누고 즐긴 시간, 우리가

같이 공부한 철학, 값진 것이었다 생각해.

너무 소식이 없어, 너무 조용해.

198

❋ 정아 님

자유의 여신이여,

꿈마다

너를 찾아

서울을,

그 고궁의 뒷길을

헤매누나.

자유의 여신이여,

너를 위해

부질없는

이 남은 바람을 바치리.

우리 다시 만나리

이승이 아니면….

강월도는 친구들을 대체로 서울 종로 혜화동 라르고나 밀다원 등에서 만났다. 그러나 마지막 여인 장윤정과의 밀회는 성북동 간송미술관 건너편 피오나 레스토랑이었다.

미대출신 사장이 운영한다는 피오나 레스토랑의 내부는 온통 꽃으로 장식되어있고 길쭉한 회랑 뒤편 시야에 가져진 마지막 테이블 편안한 긴 의자에서 둘은 많은 대화를 했다. 한때 이 여인을 만나기 위해 강월도는 그녀의 집 앞에서 밤을 지새우기도 했다.

그녀와의 첫 만남도 극적이었다.

❊

E여대에서 문학상을 받은 출신이라고 자신의 희곡 원고를 들고 찾아왔지, 원래 예고도 없이 찾아오면 난 만나지 않았어. 젊은 아이라, 봐달라는 원고는 어리석은 여자가 임신하고, 유산하고, 자살하고, 뭐 그런 내용이었어. 약속이 있어 나가면서 다음에 보자고 하니까, 나가면서 담배를 권하는 거야, 말보르 담배였는데 그것도 두 까치를 주면서 하나는 피시고 하나는 자신의 원고를 읽어보실 때 피라고…, 꽤 당돌하다고 생각했지. 그래서 나는 고맙다고 내가 피던 파이프 담배를 주니까 받아 갔어. 며칠 후 다시 만났을 때 좋은 파이프 담배를 선물하더군.

−강월도

누가 볼 때 60대와 30대의 이상한 만남, 그렇게 생각하는 것 알아요.

그런 거 아니예요, 뒤에서 수군거리는 것도 다 알아요, 그의 이혼 절대 나 때문이 아니예요, 그때 강월도 선생님을 죽자사자 쫓아다니던 여자가 있었어요. 후에 강 선생님이 버림, 아니 만나주지 않자, 어떻게 나를 알았는지 학림다방으로 불러내 도와

달라고 울며불며 매달려서 달래느라고 혼난 적도 있었어요.

강 선생님과 저는 실증적 유물론을 근간으로 한 서양 철학자의 에로스적 추구와, 관념적 허무론을 바탕으로 한 불교식 도반(도를 수행하는 벗)임을 강조하는 불자의 관계랄까. 그래서 전혀 부합할 수 없었던 만남이었지만, 그것 때문에 우리는 10여 년간 만남과 헤어짐을 계속했죠. 그래도 만날 때는 '사랑의 향연' 이었어요.

—장윤정

강월도는 남은 재산의 상당 부분을 그녀에게 상속했고, 그녀는 자신이 받은 것을 모두 그를 위해 쓰도록 강추모에 일임했다.

얼마 전 그녀에게서 전화가 걸려왔다. 내 소식(논픽션 당선)을 들었다며 자신이 강월도의 유품을 헌납한 강추모는 어떻게 되었는지 물었다. 그리고 나의 물음에 자신은 절에 있다며 전화를 끊었다.

5부

파도 앞에 서서

24. DG미술관

＊

퇴직금을 기다리다 경리과에 물으니, 빌려 쓴 융자금 2,500만
원을 갚고 나면 한 2,500만 원 남는다는 것이다. 그것으로 마
이너스 통장과 카드 빚을 정리하고 나니 500만 원이 남는 것이
다. 이건 개인 사정이지만 그것으로 남은 여생을 살아가야 하
니 사실 장래가 좀 막막하다.

―2000년 9월 8일, 강월도 일기 중에서

강월도는 한성대를 정년퇴직하고 그 퇴직금으로 2000년 10월
3일 종로구 혜화동 로터리, 시장본관으로 올라가는 골목 초입 반
지하 건물에 사무실 겸 전시관인 DG미술관을 오픈한다. 30여 년

전 인디애나대학을 그만두고 그 퇴직금으로 뉴욕 컬럼비아대학 정문 앞에서 시작하였던 복사와 갤러리 사업 그대로였다. DG미술관의 뜻은 혜화동 로터리의 오거리, 즉 다섯 거리의 앞글자를 영어로 따 D.G라 했다. 장난스러운 것인지 자신의 호 파군과 이름 월도를 한자로 묻지 말라는 귀국당시 그의 말처럼 강월도의 독특한 꼴라주 방법론을 일면 보여주는 것이다.

이 DG미술관은 사실 우리 늘봄출판사 자리였다. 강월도는 귀국 후 매일 아침 조병화 선생을 찾아 인사드리고 우리 사무실로 내려왔다.

반 지하 사무실로, 처음 들어서면 컴컴한 지하 동굴에 들어선 것 같지만 눈이 익숙해지면 해골들이 있을 자리에 책들이 빼곡히 들어차 있는 것을 발견한다. 그래서 길모퉁이 작은 카페처럼 문인들, 예술가들이 자주 찾았고, 강월도도 이 늘봄 편집실을 즐겨 이용했다. 다음 약속이 있을 때까지 자기 쉼터로 접대장소로 머물러 우리 직원들이 귀찮아하기도 하였다.

강월도는 '여기는 내가 쓰면 딱 좋겠네'라는 말을 항상 하다가 그 말이 씨가 되어, 결국 어느 날 자기 소원대로 우리 늘봄을 몰아내고 자신이 차지하게 된 것이다.

늘봄은 오히려 더 크고 햇볕이 잘 드는 2층 조병화 선생 집필실 옆방으로 옮기게 되었다. 세는 조금 더 냈지만, 조병화 선생이 돌아가실 때까지 늘봄은 그곳에 머물렀고, 우리 늘봄 직원들은 매일 아침 출근하면서 조병화 선생 방에 들려 원고지에 직접 쓰신 시들을 받아 깨끗한 A4용지에 타이핑하여 가져다 드리는 일도 하였다.

강월도는 처음 DG미술관 개관기념으로 청도 박일주 화백의 세밀화 16점을 전시 판매하기 시작하였다. 박일주(朴一舟, 본명: 박성규, 1910. 2. 17~1994. 6. 2)는 강월도의 큰 외삼촌이었다.

그의 호 청도(淸道)는 강월도가 자신이 붙인 것이라 말했으며, 박일주의 고향이 어머니의 고향이기도 한 (소싸움으로 유명한) 경북 청도로 그 이름을 그대로 쓴 것이다.

박일주는 경성제일고등학교(경기고 전신)를 졸업하고 일본으로 유학하여 한국 현대미술의 대표자들인 이중섭, 김병기, 유영국, 김환기 등과 같이 동경의 문화학원에서 회화를 공부하였다. 그 후 프랑스 파리에 터전을 잡고 탐미적인 꽃나무와 관능미 넘치는 여성들을 독특한 세밀화로 묘사, 환상적 세계를 추구했던 화가로 정평이 나 있었다.

박일주 화백이 1994년 84세의 나이로 파리에서 세상을 떠나자 그의 남은 작품들은 모두 강월도에게 맡겨졌다.

강월도는 한국 미술계에 낯선 박일주를 알리기 위해 동분서주하며 언론사의 미술담당 기자들과 평론가들을 만나고 다녔다. 강월도의 DG미술관 개관소식이 몇몇 신문에 실리고, TV미술관에서 박일주 화백의 전시회 소개가 나갔다.

박일주 〈아름다운 계절의 풍경〉 연작 중

　미술잡지에 전시 광고도 여러 차례 실었다. 하지만 강월도가 기
대했던 것만큼 그림은 팔리지 않았다. 그림 값들이 너무 비싸게 책
정되어 있었던 이유도 있었다.

　영국의 소더비, 크리스티 경매회사에 그림을 들고 직접 찾아가
는 수고도 하였다. 결국 가격을 낮추고 인사동 경매회사 옥션과도
계약을 맺고 인터넷 경매에 내 놓았지만 그도 여의치 못했다.

　마지막으로 많은 제작비를 들여 박일주가 일본의 도쿄(東京)에서
활동하던 시절의 대표작 28점을 모은 도록을 고급스럽게 만들었다.
또한 다양한 여러 판촉 상품들을 만들었다. 특별 한정판이란 이름으
로 스페셜 프린트 12장을 한 세트로 묶어 〈박일주 걸작선 12〉를 제
작하여 함께 판매해 보려 했지만 그것마저 생각처럼 팔리지 않았다.

　그는 갤러리에, 아니 박일주에게 너무 큰 기대를 가졌다. 그리고

그곳에 퇴직금은 물론 자신의 남은 모든 것을 쏟아 부었다. 옆에서 보기에 DG갤러리의 운영방식은 신선했지만 낯설었다. 그림 가격 등 배포도 컸지만, 박일주 그림은 사실화도 비구상도 아닌 것이 어려웠고 자신의 희곡 작품들과도 같이 잘 팔리지 않았다. 그의 어깨는 더 수그러들었다.

25. 파군에스크 랩소디

✳

'파군에스크'는 호 '파군'의 형용사인데 영어권의 관점에서 'esque'를 붙인 것으로 이는 '파군다운' 또는 '파군적인'이라는 뜻을 함유한다. 랩소디에 관한 우리말 번역은 '광시곡'의 광(狂)이지만 이는 영어의 랩소디보다 더 강한, 비정상적, 극단적 제의가 있다.

이것 또한 '파군에스크(Pagunesque)' 한 것이라 이 책은 나의 모든 작품을 관통하는 '희비극' 적으로 웃으며 즐겁게 썼기에 그리 알고 웃으며 즐겁게 읽기 바랍니다.

−강월도의 시집 『마지막 유혹』 서문 중에서

어느 날, 매일 아침 다니던 수영장에서 그는 정신을 잃고 쓰러졌다. 청천벽력같이 파킨슨병 진단을 받게 되었다. 그의 마지막 시집 『마지막 유혹—파군에스크 랩소디』의 서문이다.

＊

사실 이 시집은 대부분, 지난 2년간 증세를 보이기 시작한 파킨슨병의 심한 악화로 지난 11월 중순에 2주일 입원했다가 퇴원하면서 쓰기 시작하면서 한 달간 쏟아져 나오는 싯귀들을 써 모은 것이다.

이 시집을 위한 재료들이 병에 시달리면서 형성됐다 보니, 그 초점이 병마의 체험에 있고 특히 파킨슨병의 체험에서 우러나온 것이 확연한 점에서 시집의 전체적인 취향과 제목 '파군에스크'의 의의를 왜곡하지나 않을까 우려한다.

이 시집의 제목 『마지막 유혹』은 편집과정에서 바뀐 것이다. 원제 『파군에스크 랩소디(Pagunesque Raphsody)』였지만 교정하지 않기로 했다.

그는 '파군에스크'를 쓰면서 결국 '죽음을 몰고 오는 파킨슨병을 해학적으로 웃어 넘겨보려는 좀 애매한 취향'이라고 정의하였다. 또 '파군에스크'를 자신이 강의하였던 주제, 이성의 방법, 특히 과학적 방법을 소화해 설명하는 단어일 수도 있다며 철학적 관점으로도 정의하였다.

그는 항상 여러 책에서 자신은 인생을 살면서 자신의 주 관점과 행동은 사실 철학보다는 '예술' 쪽이었다 말하였다. 어느 철학서에서는 항상 쓰고 다니는 '모자'로 비유하기도 하였다. 그리고 이때 생기는 철학과 예술의 논리적 충돌과 갈등으로 인한 심리적 문제를 '파군에스크'라고 그는 정의하였다.

사실 〈뻔데기전〉, 〈이승의 죄〉, 〈어제와 내일 사이에서〉, 〈인조인간〉 등 그의 연극, 자전적인 그의 대표적 희곡들을 살펴보면 내용은 희극으로 시작하다가 주인공이 엉뚱하게 죽음을 맞는 비극으로 끝난다. 그렇다고 비극도 아니다. 그에 대해 강월도는 이렇게 말했다.

✳

나의 희곡 작품들을 순수 비극으로 풀어가지 않고 모두 '희비극'으로 끝냈다는 것, 또 이 희곡 작품들, 특히 나의 생애의 '극'은 '희비극'이 아니라 '비희극'이라 할까. 나는 네 작품의 인물의 운명을 끝까지 살지는 않았다 라고 말하여 보는 관객, 평론가들을 어리둥절하게 하였다. 그는 개의치 않았다. 그의 어릴 적 트라우마와 천재의 감성을 누가 이해했을까.

'부처가 말하듯, 욕망이 인간의 모든 고통의 근원이라 한다면, 욕망은 또한 인간의 모든 율동의 원천이기도 하다. 나는 나 자신을 기만하지 않고 정직하게 살려고 노력해 왔다.

불교의 전통에서 말하듯 버릴 것을 버리나, 욕망의 근원을 부정하지 않으면서.

욕심, 특히 명예욕과 권력의 집착에서 벗어나 자유롭게 살려했다.

하지만 욕망의 근원을 살리며 멋지게, 아름답게 살려 했다.

이러한 추구에서 '파군에스크'라는 특징을 보여주지 않았나 생각해 본다.

강월도는 어느 날 늘봄 사무실로 비틀거리며 찾아와 며칠 전 수영장에서 있었던 일을 어눌하게 말했다. 먼 훗날, 다시는 그가 늘봄으로 찾아올 일이 없게 된 후 그의 시집 『파군에스크 랩소디』에서 「피나 콜라다」라는 제목의 시를 읽으며 나는 빈정거렸던 당시의 내 행동이 무척이나 후회스러웠다.

❋

주문한 피나 콜라다를 한 모금 마시고
수영장에 뛰어 들었다.
생소한 수영장에서 깊이를 모르고
수영을 해 나가다 보니
피곤한 몸으로 힘이 떨어지는데
발은 밑바닥에 닿지 않고

계속 내려가는 것이었다.

아, 조금만 힘을 내면!

아, 바닥에 닿으면 확! 밀고 오르리라!

아, 힘을 내자!

잠시 후

아니, 영원한 순간의 연속 속에서

다시 깨어났을 때는

나는 수영장 옆 잔디에 누워 있었다.

다들 나를 둘러싸고는

그들의 큰 두 눈들이 나를 내려다보고 있었다.

그들의 머리가 원을 그린 푸른 하늘이 까마득하게 멀기만 했다.

내가 잠시 숨을 멈추었던가?

죽음의 순간은 너무나 짧았다.

말없이 일어나

내 자리로 돌아 와

남겨 논 피나 콜라다를 마셨다.

강월도는 어느 날 늘봄 사무실로 비틀거리며 찾아와 물을 달라고 했다. 약을 먹어야 한다고. 나는 귀찮다는 생각뿐, 대충 찬물을 가져다주었고, '이 사람 빨리 가줬으면'하는 바람에 앉으라는 말도 하지 않고 옆에 그대로 서 있었다. 그러자 강월도는 갑자기 내 앞

책상 위에 가방을 뒤집어 놓았다. 그 속에서는 조그만 약병들이 주르르 떨어져 나와 나를 깜짝 놀라게 하였다.

먼 훗날, 다시는 그가 늘봄 사무실로 찾아와 물을 찾을 일이 없게 되었을 때, 그 약들의 정체를 알게 되었다. 미안했고, 직원을 시켜 좀 더 따뜻한 물을 가져다주었으면 좋았을 것을, 옆자리에 편히 앉아 쉬게 하였으면 좋았을 것을 당시의 내 무뚝뚝한 행동이 무척이나 철없이 생각되었다.

❀

이름 모르는 약

크고 작은 하얀 알, 그리고 노랑, 파랑, 분홍,

하나씩 투명한 봉투에 친절히도 섞어 넣어 준

이름 모르는 약을 세 시간 간격으로 먹고

하루하루를 관리해 온지 벌써 얼마나 되었나.

약을 먹고 조용히 누워 쉬면

하염없이 편하다는 생각에

아무 일도 없다는 생각에

자꾸 피를 마셔야 한다는 생각이 든다.

텔레비전 연속극이 끝나고

잠들게 한다는 하얀 알을 먹고

노곤히 잠들고 자고나면

손가락 한 마디가 녹아 떨어져

침대위에 뒹굴고 있다는 착각이 든다.

뒷산에⋯ 양지터를 가려,

땅에 묻어야겠구나.

강월도의 병세는 하루하루 심해져 갔다.

❋

중풍환자입니다. 조심하세요. 돌진합니다.

다리가 떨리고 피곤해 공원 벤치에 누워

얼굴을 신문으로 덮고 편히 쉬었는데

이제 일어날까 했더니 일어날 수가 없는 것이다.

꼭 카프카의 벌레와 같이

두 손과 두 다리를 허공에서 놀릴 수 있으나

다리와 허리에 힘이 없고 일어나지를 못하는 것이다.

푸른 하늘은 높고 나무는 하늘로 치솟는데

나는 등에 편히 쉬면서 일어나지를 못했다.

누구를 불러야 했는데 움직이는 인간이 보이지 않았다.

어린아이들이 지나갔으나 그들은 도움이 될 수 없었고

한 젊은 여인이 지나갔는데 부를 수가 없었다.

어느 힘 있는 자가 지나갈 법한데

그는 보이지 않았다.

아직 해는 구름 위로 떠 있으나

어둡기 전에 누가 지나가다 도와주겠지.

등으로 벤치를 밀어 봐도

무릎의 근육이 일어서질 않는다.

누가 곧 와서 손을 주겠지.

강월도는 자신의 파킨슨병이 대해 의사도 누구도 대체 어디에도 환자가 어떻게 생애를 끝내는지, 즉 어떻게 죽는가에 대해서는 별 설명이 없어 답답해한다. 또한 그런 몸의 부자유스러움에 대해 감옥에 갇힌 안중근과 비교하며 자신의 작품의 주제인 파군에스트, 즉 '희비극'으로 풀어보며 죽음을 정당화하기도 한다.

✱

자유와 부자유

우리는 외로운가?

아니면, 부자유스러운가?

그래 '외롭다' 하는 말은

자유가 없다는 뜻의 '간접화법'이었나?

나는 '외롭다' 외치기를 거부한다.

나는 '자유'와 '부자유'를 말하고 싶다.

외로움', '외롭다'를 말할 때

고립되고 혼자 있는 심리적 상태를 말하는지?

또는 억압된 사회에서 부자유한 사람은 외롭다.

자유로운 사람은 외로울 수가 없다. 외롭지 않다.

사형 전 안중근은 그의 간방에 혼자 있었는데, 외로웠던가?

철학자답게도 풀어본다.

❋

미국의 독립운동 시절 패트릭 헨리(Patrick Henry)이라는 정치가
는 '자유를 달라, 그렇지 않으면 죽음을 달라(Give me Liberty or
Give me Death)'라고 말했다. 왜 자유가 없으면 죽음을 선택하
겠다고 말했나? 그 정당성을 어떻게 철학적 희비극적으로 설
명할 수 있나?

우리는 살아가기 위해, 잘 살기 위해, 지식을 추구하고 지식을
바탕으로 살아가야 잘 살 수가 있다. 지식의 첫 필수조건은 자
유이고, 자유롭게 진리는 추구라는 자유가 없이는 지식을 추구
할 수 없다는 것이다. 지식을 추구하고 그 지식을 바탕으로 우
리 삶을 꾸려가지 못한다면 그것은 무지의 세계에서 어렵게 살

아간다는 것이다. 질병을 극복하지 못하며 증가하는 인구를 잘 먹이고 돌보지 못하는 고난의 단명일 것이다, 그럴 바에는 차라리 죽는 것이 더 낫다는 말이다.

자유는 지식 추구의 필수 조건이고 인간의 건전한 삶의 필수조건이다. 자유가 없이는 산다는 것은 이성적 인간이 할 짓이 아니고 인간으로서의 죽음과 같은 것이다. 그래서 자유가 없으면 죽음을 선택하겠다는 것이다.

26. 마지막 여행

❀

자 이만 가자

아직도 머리는 살아있어

시는 더 쓸 수 있지만

반병신의 불치의 몸으로

허우적 거리며

산다는 것이 재미가 없다

이젠 그만 끝내자

이제 망설일 미련도 없다

자, 이만 가자.

2002년 1월, 강월도의 첫 죽음의 여행은 장윤정과 함께한다. 강월도는 자신의 불타는 최후를 그녀가 해변에서 목격해 주기를 바랐다. 그러나 그녀와 동행했던 첫 시도는 목선(木船)을 구입할 수 없어 실패한다.

제주에서의 목선(木船)을 하나, 뗏목이라도 구할 수 있을까하여, 일주일치 식량과 술, 휘발유를 가득 싣고 바다에서 밤이 되고 아침을 맞고 그렇게 6일을 보낼 수 있을까 하여,
마지막 날 밤, 바다와 하늘과 시간이 하나가 되는 어둠속, 가져온 술을 다마시고, 휘발유를 뿌려 그 위에 불을 붙이고…, 목선과 함께…,

-강월도

강월도의 파킨슨병은 시시각각 악화되어갔다.

그가 투신하기 한두 달 전, 혜화동 사무실 앞은 소방차와 앰뷸런스가 동원되는 등 소란스러웠던 사건이 있었다. 내가 사무실에서 밖으로 나와 보았을 때, 소방관에 업혀 밖으로 들려나오는 강월도를 보았다.

나는 '저 사람 또 뭔 일인가, 왜 저렇게 사나' 싶었다.

그날 강월도는 자신의 사무실을 가득 채운 수천 권의 책과 그림들, 서류들 속에서 의식을 잃은 채 쓰러져 있다 발견된 것이었다. 그를 발견하여 신고한 장윤정 씨 이야기다.

제주도에서 돌아 온 후 몇 번인가 전화도 받지 않고, 찾아와 보니 문도 잠겨 있었어요. 어, 성하시지 못한 몸으로 어디를 또 나가셨나? 문 앞에서 기다리다가 안 되겠다 싶어 문을 따고 들어갔지요.

사무실 바닥에 얼마동안인지 모르겠지만 쓸어져 계신 강 선생님을 발견했어요. 온 몸과 깔린 이불이 오줌과 똥으로 범벅이 되어 있었지요. 무척 부끄러워 하셨지만 씻겨 드리고 119를 불렀어요.

안암동 고려병원으로 옮기셨죠. 가족이 없어 한동안 보호자로 제가 간병해야 했어요.

                                                 -장윤정

사실 그보다 며칠 전 제자들이 사무실을 방문했다가 책들 사이에서 의식을 잃은 강월도를 발견하고 병원으로 옮기려했지만 제자들을 뿌리치고 굳이 서재를 떠나려 하지 않았다 한다. 곧 죽음의 결행에 앞서 도서관과 친지에 기증할 목록을 만들고 자료를 정리하기 위함이었다.

　엠뷸런스에 실려간지 며칠 후 병원에서 퇴원한 강월도는 다시 사무실에 틀어박혔다.마지막 책 정리들을 마치고 그리고 친구들에게, 장윤정에게, 조병화 선생께 전달될 편지를 한 장씩 봉투에 넣어 책상 위에 올려놓았다.

　✳

　정아.

　나 아퍼.
　그리고 정아 밖에 없어.
　함께 여행을 갈 수 있을까?
　올 수 있을까?
　안 됐다. 세상이 완벽히 둥글지 않아!
　정아, 정아….

-2002년 7월 17일, 월도

　2001년 8월 12일 4시, 강월도는 어디론가 전화를 한 통 건다. 이윽고 중절모를 눌러쓰고, 손때 묻은 파이프를 가방에 쑤셔넣는다. 그리고 한걸음 한걸음 사무실 계단을 올랐다. 문을 열고, 문을 닫

222

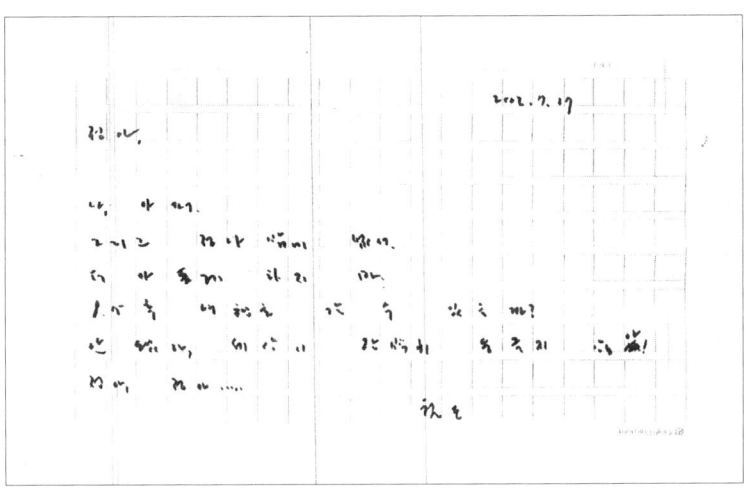

고 이제는 결코 돌아오지 않을 것이다.

그가 남긴 수첩에는 그날 2002년 8월 12일부터 죽음의 카운터가 적혀있다. 삐뚤빼뚤 온 힘을 다해 그가 적어간 마지막 글씨는 8월 20일로 끝난다. '−0'

…(중략)

8월 7일(水): 4시 정아, 너의 웃는 모습 다시 볼 수 있을까? 나 떠나기 전, 오늘은 너무 늦었다구? 마지막 만남을 원했으나 부인의 선언, Good bye!

…(중략)

8월 12일 (月) − 8

8월 13일 (火) − 7

8월 14일 (水) − 6

8월 15일 (木) − 5

8월 16일 (金) − 4

8월 17일 (土) − 3

8월 18일 (日) − 2

8월 19일 (月) − 1

8월 20일 (火) − 0

그리고 그의 모습이 발견된 것은 21일 밤, 부산 발 제주로 향한 페리선 상에서였다. 밤12시가 되자 그는 객실 문을 조용히 열고 나온다. 어디론가 전화를 걸었다. 전화를 끊지 않은 채 뱃머리 갑판 위로 마지막 힘을 다해 한걸음 한걸음, 이윽고 난간에 이르자 주저 없이 검은 파도에 몸을 던졌다. 이때가 22일 0시 15분!

그가 갑판으로 나와 뱃머리로 이동하며 밑으로 떨어지기까지 그의 마지막 뒷모습은 우연히 담배를 피러 밖에 나온 한 승객에 의해 목격되었다.

파킨스병으로 부자유스런 몸을 스스로 그렇게 수장, 고려장하였던 것이다.

서울 혜화동 그의 사무실 책상 위에는 조병화 선생께 남긴 편지가 놓여있었다.

❋

저를 계속 격려해 주시고 돌보아 주신 예술원의 시인 편운 조병화 원장님.
감사하는 마음에서 마지막 시를 보냅니다.

서해수장

활활 타는 불 속에서
마지막 한 잔을,

또 마지막 한 잔을,

닦고 닦은 길은

모두

죽음으로 가는 길이나리

한해한해

너무 오래 머무른 이 도시를 떠나

기억에서 멀어져 가는

바닷가 고향에 돌아가리니

망망한 대해를 내려보는 옛 집에 돌아가

다시 바다와 살으리

해도 달도 헤아리지 말고

끝없이 파도 이는 바다와 같이

무궁무궁 살으리

아 하늘과의 언약을 어기지 못한다면

그날이 올 것이요

그날이 오면

낡은 펜 가지런히 모아놓고

❀

이웃집 박서방과 술 한잔 나누고

배를 몰고 나가

노을 따라 홀로 떠나리니.

마른 가지 싸 올려

두터운 솜이불 펴 놓고

석유 불태우고는

마지막 술 한 잔 들어

오래오래, 너무 오래 머문 이 적은 땅에

축배를 올리리.

붉게 물들어가는 이불 위에

비스듬히 누워

때 묻은 파이프 물어 피우며

노을 따라 흘러가리.

활활 타는 불 속에서

마지막 한 잔을

또 마지막 한 잔을.

−강월도

27. '고려장의 신화'를 기억하게

旭아!!

苦待(고대)하고 잇뜬차에 자세한 片紙(편지)바다 저역히 安心(안심)을 하 엿다, 片紙(편지)에 六二伍 事變(6·25사변)에 대해서 적어보내달라는 부 탁을 밧고 안썰려고 생각을 햇다. 그러나 夏期放學(하기방학) 동안 놀지안 코 目的(목적)한바를 하고 잇는것 갓해서 간단히 적어보낼까 한다. 그러 나 마엄뿐이지 내가 관찰력이 잇는것도 아니고 조헌 材料(재료)가 업다.

6월 26일은 서울장안에는 별안간에 기럼이 흘르고 쭉쭉 뺀 紳士(신사)들 이 수가 命令(명령)이나 한 듯이 똑갓헌 광목바지 광목 노-타이에 보리쩝 모자가 등장하엿다. 女子(여자)는 배루벳도 치마가 白色(백색) 인조치마 로 변하고 요란한 파-마 머리는 물을 발라 벗선는지 自然(자연)으로 도라 가고 삿치를 볼 수가 업섯다. 집집마다 大門(대분)은 꼭꼭 잠구고 사람은 땅만 처다보고 건심시러운 表情(표정)이였다. 그리그리에는 긴창을 쥐고 다밤촣을 미고 온전신에 풀입을 감은 괴뢰군이 어마어마하게 써있었다. 무지무지하 탕구가 거리에 헛터러저 있었다. 김일성 스타린 환상은 놉히 걸리기 시작하였다. 빨간 완장을 한사람만은 기를피고 활보를 하게 되었다. 우리들은 그 사람들을 피해서 소래골목을 골라서 단니게 되었다. 그러고 우리집 이야기를 써자면 6월 25일 아버지께서 아무래도 사태가 좃지 못하니 바서 나는 시골을 갈태니 당신은 아히들 하고 지하실에 잇다가 괴뢰놈이 올때 잠깐 피하고 갈 때 잠깐만 피하고 몸조심하라 하고 서울新聞社(신문사)로 나가니 열락하라. 그러나 그날 온종일 열낙도 업고해서 新聞社(신문사).로 오후 5시에 電話(전화)을 걸려고 햇뜬히 이미 電話(전화)가 通(통)하지 안햇다. 너이들 伍男妹(오남매)을 대리고 地下室(지하실)에서 날을 밝힛다. 새벽 5시에 상문이를 서울新聞社(신문사)에 보냇뜨니 정문에 괴로땅쿠가 와잇고 新聞社(신문사) 사람말이 어재저녁 긴사이랭 불때 社長(사장) 비서 4人(인)이 나가싯는대 漢江(한강) 다리가 꺼저서 광나루로 도라가시는 도중 동화백화점 압해서 총을 마저 비서가 직사하고 운전수는 부상을 입어 병원에 入院(입원)하고 基外(기외)에 社長(사장)과 安(안)선생님과는 行方(행방)을 모런다는 消息(소식)을 듯짜 나도 정신업개 당황해서 萬一(만일) 아버지 行方(행방)을 찻게 되엿다. 그러는 가운데서 괴뢰치안국에서 왔다고 하며 수명이 창을들고 총을 메고 온집안을 뒤지고 권총을 내오라고 협박을 한다. 그러나 사실로 집에는 총이 업스니 업다고 하니 거지말 한다고 나는 구석방으로 사람업는대 껄고가서 바

229

런말 안하면 총살한다고 하는데 총을 겨누며 눈을 감으라고 말을 하고 헛총을 여러방 쏘앗다. 그뒤에는 온 집안을 뒤주고 돈, 미재타보루 등 가질 만 한것은 재각기 갓고 나머지는 꽝꽝 못질을 하고 라지오는 자기들이 갓고 나를 대리고 갓다. 가서본니 서울大學病院(대학병원) 안 괴뢰군 잇는대엿다. 온종일 안치고 아버지 친구에 대해서 아버지에 대해서 가진 문초를 밧고 해가 다진역에 집에왓다. 매일처럼 괴뢰군이 와서 아버지에 行方(행방)을 찾고 나를 못살게 했다. 우리집은 洞(동)인민위원회에 뻬끼고 안채는 괴뢰판사한테 뻬끼고 나는 떨아래채방으로 빗몸으로 물너안잣다. 내 물건이라도 하나도 갓지못하게 햇다. 나는 수차에 내무서에 불려가서 二次 三次(이차 삼차) 잇다왓는대 그것들이 나갈무렵에는 가서 10시간만에 나왓다.

그긋들은 밤두시에 사람을 잡아간다. 9월 25일경 밤에 와서 또 나를 찾는대 이날은 내가 붓째퍼면 꼭 죽을것만 갓해서 大門(대문)을 여러주지 안코 담을 넘어 도망을 했다. 남의집 담밋애서 언신을 하고 잇는대 나를 차자 집붕우로 伍六名(오륙명)이 올라가는 바람에 정신이 업섯다. 풀속에 언신을 하고 안자본니 달이발가서 그림자가 보이더라. 정말로 긋때는 이유도 업시 죽는줄말 알앗뜬니 하나님에 도움으로 무사히 그 장면을 피햇다. 앗침애 집애와서 본니 다리 팔에 상처가 나겟지. 그날 앗침에 변장해서 집을 나갓다.

그 다음을 내가 그때 말한대로다. 평생 너희 아허들에게 죄지을 짓을 했다. 아버지 숨어계신 옆집 복남이네 댁으로 진지를 나르다가 인민군들에게 들킨모양이다.

아히들 아버지는 나 때문에 잡혀갔다. 너희들에게 정말 죽는날까지 면목없다.

아버지께서는 보이부에서 잠깐 나오셨다가 7월 28일경 법학동맹에서 와서 아버지를 모시고 갓다. 보이부에 가실 때 一次(일차) 면회햇다. 그 면회는 내가 가고가 한 것이 아니라 그놈들이 와서 나를 껄고 가드니 온종일 돗다가 저녁 6시나 됫슬까 긋때 아버지께서 나와서 아버지 친구를 잡아 오라고 식히라는 것이다. 답배사 잡숫겟고 돈 仟圓(천원)만 달나시는대 못드려 한평생유감이다. 그 당시 내가본 이야기라도 다썰수가 업서니 그만둔다. 너는 방학동안 別故(별고) 업서니 多幸(다행)이다. … 그래도 新聞(신문)은 틈잇는대로 社說(사설)갓헌것은 잘 읽어라 工夫(공부)된다. 이만 끗친다. 부디 몸조심하고 조헌소식 바랜다.

-8월 24일 母書

지금으로부터 10여 년 전, 2002년 8월 어느 날 아침, 나는 제주 해양경찰대로부터 한 통의 전화를 받는다.

"조유현 선생님 되십니까?

"그런데요?"

"여기 제주 해양경찰대인데 강욱 씨 아십니까?"

강월도의 마지막 소식은 그렇게 알려졌다. 나는 그날 이후로 그의 죽음을 알리고, 추모모임을 가졌으며, 그의 유품들을 정리하였다.

그로부터 또 10여년이 흘렀다.

올해 2013년 2월, 갑작스런 박철수 영화감독의 사고소식을 듣게 되고, 강월도 추모모임 때 만나 영화화하기로 했던 그와의 약속이 생각났다.

강월도의 극적인 죽음, '고려장의 신화'를 영화로 만들기로….

나는 그날 사무실 오래된 창고 속에서 그때 보관해 둔 '고려장의 신화'를 찾게 된다. 그 속에서는 수십 년도 더 된 강월도의 일기, 편지, 서류 등이 쏟아져 나왔다. 그리고, 그 속 맨 아래, 어떤 묵직한, 희미하게 빛을 발하는 아, 푸른빛의 박스. 마침내 '고려장의 신화'의 비밀이 그 속에 50년 간 조용히 누워 있었다.

어떤 아픔에 강월도 스스로 고려장 할 수밖에 없었는지….

그것은 〈배신자〉라는 제목의 참회록이었다.　그 속에는 아무도 모르는, 어머니에게도 숨겨온 그가 죽어도 결코 용서받지 못할 것이라 여겼던 50년 전의 사건이 담겨 있었다.

처음에 그는 항상 북쪽 창을 바라보며, 언젠가 아버지를 만나 용서를 빌 때가 올 것이라는 희망을 가졌다. 그러나 친일(親日)인사 명단에서 아버지를 발견하고 나서의 부끄러움, 무엇보다 아버지가 김일성을 만나고, 김일성대학의 교수가 되었으며 그쪽에서 재혼하여 자식을 낳고 잘 살고 계시다는 사실을 알게 된 후의 충격과 혼란스러움도 적혀 있다.

자신이 결코 한국으로 돌아갈 수 없는 것이 어머니의 만류가 아니라, 자신은 친일파에 빨갱이의 자식으로 그런 두려운 마음도 있었다. 그리고 그 글 마지막 그는 고백한다. 아버지 강병순 판사가 납북될 당시의 일을. 그날의 일기에는 당시의 상황이 상세히 적혀 있었다. 어머니는 평생 잘못 알고 계셨던 것이다.

✳

저는 6·25동란을 그날그날, 순간순간, 겪어야 했습니다.

그 기억들은 내 피에, 내 뼈에 스며든 암세포와 같이 저에게 고통을 줍니다.

아, 지금과 같이 피가 타고 뼈가 부서질 것 같은 아픔을 오래 견딜 수는 없습니다.

그 때 아버님의 피신처를 그들에게 알려준 자는, 바로 저였지 어머님이 아니었습니다.

…(중략)

그자들은 대문을 박차고 들어와 하늘에 따발총을 갈기고 제 아버님이 숨어 계신 곳을 대라며 개머리판으로 때리며 제 머리에 총을 겨누었습니다. 어머니는 집에 안계셨고 저는 열다섯 살이었습니다. 너무 무서웠고 정신을 잃고 쓰러졌던 것 같습니다. 의식을 잃기 바로 직전 제가 아버님이 숨어 계신 친척집을 그들에게 가르쳐주었나 봅니다. 어렴풋이 기억이 납니다.

그 때 아버님의 피신처를 그들에게 알려준 자는, 바로 저였지 어머님이 아니었습니다.

어머님은 제가 아버님을 배신했으리라 생각을 못했습니다. 어머님은 저를 의심하지 않았습니다. 자기가 식량을 전하려 왔가갔다 하다가 꼬리가 잡힌 것이라고 믿고 후회가 크셨습니다. 끝끝내 저는 어머니에게 이 사실을 말하지 못했습니다. 아니 말 할 수 없었습니다.'

─참회록 〈배신자〉 중에서

강월도는 차마 어머니를 대면할 수 없었다. 임종도 장례식도 참석치 못했다. 강월도는 자신의 죄의식 청산의 방법으로 스스로 '고려장'을 택한 것이었다.

지나날을 잊는다면
벌을 받을 것이리라!
해가 지고
짐이 무거울 때,
앞이 캄캄할 때.
여기 오늘 파도에 쉬어 가리.

에필로그

I know of a poet who died

He hurled himself into the moon

And drowned in the ripples of moonlight

Remaining were empty bottles

Full of unfinished letters to his father

The father who died in the war

In winters he'd tell me of the day

That his father had been killed

When soldiers rushed in and he was so little and hungry
and afraid and sick and tired and alone and yelled at and
pointed with guns at and knew where father was and knew
where father was and knew where father was and knew
where father was

And so told them

Where father was

He wrote under the moonlight

That up to her last living day

Mommy thought she gave daddy away

But it was really him

And up to the day under the moon

He would never forget

Where father was

−어느 자살한 시인의 비명(미국 시인대회 수상작품)

시인이자 극작가. 강월도 교수의 삶은 그렇게 비극적인 죽음으로
끝난다. 그의 죽음은 자신의 뜻을 마음껏 펼치지 못하고 불행하게
요절한 천재작가 이상을, 윤심덕과 함께 한 중년 신사를 떠올린다.

양장을 한 녀자 한 명과 중년 신사 한 명이 서로 껴안고 갑판으로 돌연히 바다에 몸을 던져 자살을 하엿는데….

■동아일보 1926년 8월 5일

당시 아무도 알아주지 않았던 무명의 그 중년의 신사는 수십 편의 희곡과 시, 평론, 번역물을 남긴, 무엇보다 우리 연극사에서 근대 연극의 시효로 알려진 〈산돼지〉, 〈이영녀〉의 작가 김우진이었다.

김우진은 16살 때 「공상문학」이라는 단편소설을 쓰고 일본 와세다대 영문과에서 희곡을 전공하였고, 니체, 마르크스, 극작가 스트린드베리, 시인 다눈치오·스펜서 블레이크·예이츠 등을 연구하였고, 버나드 쇼를 주제로 한 영문논문 『인간과 초인(Man and Superman)』를 쓴 19세기 말 우리 근대문물 태동기의 선각자였다.

이 글의 주인공 강월도는 수십 편의 희곡과 시, 평론, 철학서를 남겼으며, 무엇보다 뉴욕 오프브로드웨이에 진출한 첫 한국인이며, 우리 공연문화계에 시효로 알려진 공연정보지 '서울벽보'를 창간한 극작가였다

강월도는 18세 때 『태양을 위한 환상』이란 시집을 발표하면서 천재시인이란 소리를 듣고, 미국 콜롬비아대학원에서 아리스토텔레스, 플라톤, 소크라테스 등 철인(哲人)을 연구하였고, 27살 때 시카고학파의 태두며, 세계 3대 사회학자인 '허버트 미드' 의 주제를 가

지고 박사를 한 최초의 한국인이었으며, 인간성, 진보, 정의, 무정부주의와 인간과 우주적 존재에 대한 내용을 담은 영어논문인 『철인 여정(Man's Journey to Better Worlds)』을 쓴 20세기 말 우리 현대 연극계의 선각자였다.

김우진은 실학 사상가였던 할아버지 김병욱과 강원도 순찰사를 비롯해 주한 영국·독일·러시아 등의 전권대사 서기관 노릇을 할 정도로 개명했던 아버지를 뒀으며, 강월도의 아버지는 일본 고등고시에 수석 합격한 후 미 군정 땐 하지중장의 고문변호사까지 했던 그 시대 최고의 지식인 극파 강병순(克波 姜炳順) 판사였다.

90여 년 전 대한해협에 몸을 던진 김우진이 정말로 윤심덕과의 정사(情死)였는지 아직 확실히 알려진 바는 없다. 10여 년 전 제주해협에 몸을 던진 강월도가 파킨스병 때문이었는지, 계획된 죽음이었는지 알려진 바는 없다.

어쩌면 둘 다 모두 '천재를 알아주지 못한 시대'에 태어나 생전에는 제대로 평가받지 못하고 남해 바다로 향했다는 점이다.

강월도는 다재다능한 천재였다. 시인이며 극작가, 철학자, 사업가, 교수였다. 사상가, 언어연구가, 사회비평가이기도 했다. 그는 무엇보다 전 생애를 거쳐서 연극을 사랑했으며 열정적인 예술가였다. 그러나 결국 그의 작품이 생전엔 조명 받지 못한 불운한 시인이며 극작가임에는 틀림없다.

그의 작품이 인정받지 못한 가장 큰 이유는 그는 일반인들의 상식을 넘어서는 파란만장한 삶을 살았으며 그런 작품을 썼기 때문이다. 또한 어려서부터의 오랜 해외생활로 비록 한국 소재를 찾았지만 일반인들에게는 이질적인 문화적 정서, 40대에 귀국하여 활동하기에는 한국 연극계에 이해하고 끌어줄 인맥이 없었다. 그리고 파킨슨씨병에 사로잡힌 말년의 소비적 청산의식이 있었다.

무엇보다 그의 불운했던 가족관계와 철학적 사고, 타지에서의 개척적인 삶, 일찍이 연극으로 투신했던 선구자적 정열과 고통을 모르면 그의 작품을 이해할 수 없다. 그러나 그는 작품 속 주인공을 통해 자신 만의 독특한 경험과 생의 고전적인 자각에서 우러나오는 원초적 인간의 진실성, 인간의 덧없는 운명을 파헤치는 데 성공했다고 본다.

연극평론가 유민영의 말이다.

강월도의 진가는 제대로 평가를 받지 못했다. 무엇보다 그는 우리 연극판에서 뼈가 굵은 사람이 아니라는 약점이 그 이유일 수 있다. 그렇지만 그가 우리 연극판에 없었던 것이 오히려 그로 하여금 새로운 연극으로 우리 연극을 다채롭고 풍요롭게 할 수도 있다.

강월도가 오늘의 우리 연극현실에 절망하지만 않는다면, 그는 아주 중후한 희곡들을 많이 내놓을 것 같다. 연극인들은 말없이 뒷전에서 연극계를 응시하고 있는 강월도를 주목할 필요가 있다.

〈명성황후〉, 〈영웅〉의 예술감독 윤호진의 말이다.

강월도는 미국 오프브로드웨이에 한인 최초로 진출하여 세계의 유명 연출인들과 호흡하였고 한국에 돌아와 소극장 운동 등을 열심히 펼쳤던 분이다. 그러나 그 위상에 비해 국내에서 너무 홀대받아 왔다고 생각한다. 그의 작품은 다시 공연되고 평가되어야 한다.

그런 의미에서 강월도는 우리 현대 연극계의 선구자였다.

강월도는 자신만의 독특한 경험과 생의 고전적, 철학적 인식을 바탕으로 작품속에서, 행동을 통해 실현한 작가로서 그의 작품들은 계속 연구되어야 한다고 본다.

강월도는 생전에 6권의 시집과 10여 권의 희곡, 5권의 철학 논평집을 남겼다.

이 글은 그의 자전적인 희곡을 중심으로 썼다. 그 극적인 점, 점, 점들을 친구들의 증언, 그의 일기, 메모, 편지등 사적인 자료를 바탕으로 내용을 잇다보니, 사실 강월도는 자신의 '의자'를 말한 것인데 나는 '애인'으로 오해하고 왜곡하여 결국 강월도를 욕보인 게 아닐까 두렵다.

강월도는 극작가이기 전에 태생이 시인이었고, 탄생, 사랑, 절망, 인생, 죽음에 관한 절절한 시들을 마지막까지 써내려갔다.

고등학생 때 펴낸 첫 시집『태양을 위한 환상』을 시작으로『욕망, 그 가면극』,『육체의 대화』,『자유 변주곡』,『욕망과 희비극』,『마지막 유혹』, 아, 그리고『사랑무한』, 이 시집들 속의 진솔한 그의 목소리를 바탕으로 이 글을 썼다면 강월도의 인생을 많은 여인들과의 멋진 러브로망으로, 좀 더 시(詩)적으로 써 내려갈 수도 있지 않았을까 아쉬움도 있다.

어쩌면 길고 지루한 비문의 글, 게다가 알 필요 없는, 강월도도 원하지 않았을 그의 이야기를 펼치면서, 혹은 그의 어머니와 형제들, 누군가에게 누를 끼칠지 모를 내용, 그래도 이 글이 영화로도 만들어지고, 잊힌 극작가 강월도가 이상의 날개를 달고 다시 세상에 날아올랐으면 하는 바람 때문이었다.

월도는 인간의 때라곤
아직 하나도 묻지 않은
마음(詩)의 토질(土質)을 갖고
그대로 이 마음의 터전에
솟아들은

무수한 꽃송이(言語)들을

가지고 있습니다.

-조병화, 1954

부록

① 편지(p37에서 계속)

Letter from Waldo Kang

110-530 서울 종로 혜화 102-1

D.G. Museum

102-1 Heiwha, Chongno. Seoul 110-530, Korea

Tel 02) 3675-5924

January 1, 2002

President of the USA

I lived in the United States of America for 33 years, the best part of my life, from the age of nineteen to the late forties. No doubt, I had been indebted to these States of a great nation.

I went to America to study, no idea of immigrating. But I studied and naturally assumed to teach in the same university environment of studying. America was a great nation to give me an opportunity to study and teach philosophy, a core and spirit of knowledge mankind has accumulated in the West and East.

For my undergraduate, I went to Indiana University, Bloomington, Indiana, which gave me a full tuition scholarship for 4 years. At the same time Leopold Schepp Foundation of New York gave me a full maintenance scholarship for 4 years.

For my Ph.D. study, the liberal system of Columbia University Dept. of Philosophy allowed me to pursue my diverse interests from philosophy to arts in the great metropole of New York, while working on a doctoral dissertation and teaching.

I have felt very gratful to the American institution of

education which welcomed a young foreign student like me and gave me an opportunity to sutdy freely.

As a college teacher I was granted the residency and citizenship of the US.

And I, of course, paid my share of tax for about 30 years in the US. It was all fair and reasonable.

In 1987 I returned to Korea and began to teach at Hansung University, Seoul.

Korea is a small country, but Seoul is a large worldly city, compared, say, to Terre Haute, Indiana. The Republic of Korea asked me to surrender my citizenship of the US if I continued to stay and work in Korea.

This year I am retired. While Hansung University has a sort of retirement insurance as a (non-government) educational institution, which payed me a sum comparable to 20% of my accumulated earning on retirement, the government of the Republic of Korea has no provision for its retired citizen, which I can apply.

Recently, on Nov. 15, 2001, I received a check, the first check, from the

Social Security System Admistration, Baltimore, Maryland. I

had sent a "Retirement Insurance Benefits" application about 6 months ago in May. I waited and waited in good faith.

When I finally received this first check, realizing the full meaning, namely, that the government of the US would support my future living when I am not a citizen of the US now and lives outside the US, I was really affected. (It also means that I worked and paied enough taxes for the Social Security

Bebefits in the US.)

I thank you for the great liberal institution of man's enlightment. I shall deliver to the US the most beautiful painting of Ilju Park I have.

The above public institutions I feel I owe a "life-time debt" and I want to pay them back in a way I can.

1. ( ) You may personally deliver it at the appointed time which you may make with my secretary.
2. ( ) Just send by the Postal or Delivery service.
3. ( ) If convenient to you, send it through the Embassy/ Consulate office in Seoul.

② 향연(p48에서 계속)

향연, 사랑의 신 에로스에게

희곡(2막, 4장)

플라톤 원작, 강월도 각색

연극으로서의 〈향연〉에 붙여

사랑과 그것의 극치: 오해와 비극

역사적으로 신화적인 플라토닉 러브(Platonic Love)라는 순수 사랑의 개념은 〈향연(Symposium)〉에서―또는 그것의 오독/오해에서―유래한다고 한다. 그 순수 사랑은 우리 "중생"들이 갈구하는 그런 사랑이 전혀 아니라는 것이다. 그 순수 사랑이 무엇이라고 우리가 생각하든. 〈향연〉에서 플라톤이 소크라테스의 입을 빌려―후자는 또 디오티마라는 "여인"의 입을 빌려―설명한 사랑의 극치, 궁극적인 사랑은 소크라테스의 생애를 통해서 볼 수 있듯이, 우리 "중생"들이 느끼고 추구하는 사랑을 부정하는 개념이 절대로 아니다.

우리가 통속적으로 오해해서 말하는 플라톤의 순수 사랑은 비구니의 명상 또는 신을 향한 수녀의 순수한 사랑(agape)에 가까울 것 같다. 〈향연〉에서 소크라테스가 말하는 사랑의 극치는 우리 중생의 사랑을 살아본, 그리고 살아보는 과정에서 도달할 수 있는 것이라고 본다. 그 곳에서이지, 그것을 떠나거나 초월해서가 아니다.

이 연극의 알키비아데스는 소크라테스의 마지막 극적 대결에서 소크라테스, 그의 사랑을 잘 이해하기도 했지만 동시에 오해하고 있기도 하다. 그것이 가장 좋은 의미에서의 희극이라 할 이 연극의 비극적 찰나이다.

우리는 플라톤(Platon, 기원전 427~347)의 대화를 주로 철학의 고전으로 읽는다. 문학으로나 연극으로 읽는다는 것은 정도가 아니라 드문 경우이이다. 그의 대화 〈변명〉은 소크라테스(Socrates, 기원전 470~399)의 생애를 연극으로 각색하는데 중요한 부분이 되어 왔다. 그러나 그의 〈향연〉을 희곡으로 읽거나 공연한다는 것은 역사적으로 희귀한 경우라고 본다.

여기 연극공연을 위해 준비한 각본은 원본의 3분의 2정도의 분량이 된다. 원본과 이 각본의 차이점을 알고 싶은 독자·관객을 위해 몇 마디의 설명을 붙인다. (혹시 이 각본을 원본 대신 철학의 교재로 읽을 경우를 고려해서도 설명이 필요하다.)

첫째, 이 각본은 원본보다 짧고, 〈향연〉의 기본 이론들을 이해하기 위해 읽기 쉽게 구성되어 있다고 보겠다. 그러나 이 연극에 담긴 사랑의 이론들은 원본을 요약한 것이 아니다. 원본을 왜곡하지 않는 한도에서 삭제할 수 있는 부분을 삭제하고, 이론적으로나 극적으로 필요하다고 생각되는 부분만을 옮겼다.

극적 효과를 위해 파이드로스(기원전 450~400?)의 나이를 한 10년

위로 조정하고 그에게 몇 효과적 대사를 준 것과 디오티마를 다른 도시에서 온 방문객이 아니라 에로스의 변신으로서 환상적으로 등장시킨 것, 그리고 극적 절정을 위해 소크라테스와 알키비아데스의 의지적 대결을 극대화한 것이 원본과 다르다.

덧붙여 지적하고 넘어갈 점은 디오티마의 대사 첫 부분을 삭제한 것인데, 그 내용은 아가통과의 소크라테스 대화에서 우리는 벌써 들었다.

서양에서는 철학(Philosophy)을 어원으로 볼 때 "지혜(Sophia)의 사랑(Philia)"이라고 한다. 정확하게 말해서, "지혜를 위한 사랑"이라 하겠다. 철학자들은 지혜 또는 지식에 대해서는 많은 설명을 했으나 지혜와 연관하여 그들이 말하는 사랑(Philia)에 대해서는 마치 우리가 다 잘 알고 있으리라고 생각하듯 별로 설명이 없다.

역사적으로 지혜를 위한 사랑이라는 뜻에서의 철학, 그 개념을 소개한 원조는 소크라테스이다. 그의 제자 플라톤의 대화, 그의 마지막 심판이 담긴 〈변명〉에서 소크라테스는 자신의 생애를 돌아보며 자기는 박식하고 지혜로운 학자가 아니라 지혜를 사랑하는, 지식의 추구를 사명으로 한 애지자라고 "변명"을 한다.

플라톤의 대화 중 또 하나 널리 알려진 〈향연〉은 주제가 우리가 흔히 말하는 Eros로서의 "사랑"이고 여기서 소크라테스는 진리(또는 이상형)의 사랑(Eros)를 Eros의 여러 단계중 극치에 달한 것으로 말하고 있다. 아름다운 육체의 사랑에서 모든 아름다운 형태에로,

더 나아가서 궁극적으로는 아름다움 자체를 향해 "계단"을 올라가듯 아름다움의 본질을 알고 사랑하는 것만이 우리 삶의 최상의 가치라는 것이 사랑에 대한 그들의 설명이었다. 통속적으로 우리가 말하는 비육체적인 플라톤식 사랑(Platonic Love)이 여기에서 기원한다. 또 많은 철학자들뿐 아니라 일반적으로 우리가 철학을 지혜의 사랑으로 말할 때 Eros로서의 사랑과 혼동하여 생각하고 있는지 모른다. (아마 그 이유는 우리말이나 현대 서양어에 일반적인 "사랑"의 개념이 있을 뿐 고대 희랍에서의 Eros와 Philia에 상응하는 개념이 따로 없다는 데 있는지도 모른다.)

공연을 위해 이 플라톤의 〈향연〉각본은 여러 번역 책을 참고, 부분적으로 인용, 각색하였음을 밝혀둔다.

그 중 한글 번역 중 최민홍의 번역이 구어체로 잘 쓰였다고 보고 많은 부분에 자유롭게 인용하게 되었는데, 우연의 장난으로 이 연극의 초고를 쓰고 난 후에야 그 책을 구해 읽어 볼 기회가 있었다. 그래서 개작과 같은 작업이 필요했고 그 당시 그것은 심리적으로 괴로웠고 힘들었다.

플라톤의 대화 특히 〈변명〉과 〈파이톤〉 그리고 〈향연〉을 연극으로 각색해서 무대에 올려보고 싶다는 생각은 대학시절부터 품고 있던 야심이었으나 근 30여 년 동안 기회를 잡지 못했다. 이제 이 연극의 각색을 시작해 보기로 했다.

-향연, 사랑의 신 에로스에게(강월도, 예니 1993)

• 나오는 인물들

1. 소크라테스 (Socrates, 54세. 철인)

2. 디오티마 (Diotima, 30세의 미녀. 에로스의 사자)

3. 아가톤 (Agaton, 29세. 비극 시인)

4. 알키비 (알키비아데스, Alkibiades, 30세 초반, 정치인)

5. 아파네스 (아리스토파네스, Aristophanes, 35세, 희극 시인)

6. 에뤼크시 (에뤼크시마코스, Euroximachos, 50세, 의사)

7. 파이드로스 (Phaidros, 45세, 변론 애호가)

8. 파우사니 (파우사니아스, Pausanias, 20세, 아가톤의 애인)

9. 아데모스 (아리스토데모스, Aristodemos, 30세, 소크라테스의 제자)

10. 시중드는 소년

11. 광대들

• 무대

아테네, 기원전 416년, 어느 늦여름 밤.

연극경연대회에서 수상한 아가톤의 자축 만찬.

그의 석조 자택 내, 마당으로 열린 거실.

낮은 둥근 술상 주위로 모두들 비스듬히 누워 있거나, 앉아 있다.

(극장에 따라 등받이가 없는 고전식 의자에 둘러 앉아 있을 수도 있다.)

• 장면

1막

제1장 아가톤의 집으로

2막

제2장 사랑의 이설

제3장 디오티마의 환영

제4장 알키비의 예찬

−강월도 작 〈플라톤의 향연〉 중에서, 막 오르기 전까지

---

③ 태양을 위한 환상(p92에서 계속)

…(전략)

'붉은 단풍 노란 은행잎들이 날리는 것을

한 때는 월광이 소복소복 내리는 눈을

기쁘게 비치는 것을

무심히 보며

이제나저제나 오실까 고대하던 나는

반가워 못 견뎌 맨발로 뛰어 내립니다

〈안녕히 다녀오셨습니까〉하는 제 인사에

임은 〈오냐〉만을 남기고 가버리십니다.

그러면 〈저도 침묵을 사랑합니다〉라고

마음으로 대답하며

임은 또 〈오냐〉만을 남기고 가버리십니다.

침묵을 사랑하는 임

나도 사랑하노리

그리워 그 임이

나는 이 마음 한구석에

고이 임을 조각하려 하외다.

---

④ 〈어제와 내일 사이에서〉(p129에서 계속)

…(전략)

#이모 마가렛의 침실(이모 역 박해미)

전등이 꺼진 침실에 들창에서 전등 빛이 비친다.

밖에는 눈이 내린다.

잠옷을 입은 월도, 그림자 속에서 나타나 침대 옆 의자에 앉아

그녀의 자는 모습을 바라본다.

은은한 성탄절 음악이 들린다.

마가렛, 깨어나 이불을 찾아 덮는다.

마가렛   월도, 자지 않고 여기서 뭘 하고 있어?

강월도   잠이 안와요. 스팀이 나가서 추워졌어요.

마가렛   그래 추워졌구나. 밖에는 아직도 눈이 내리지?

강월도   펑펑 내려요.

마가렛   가서 자.

강월도   이 눈 오는 밤에 이모 옆에 누워 영원히 잠들고 싶어요. 이모, 이모를 사랑하고 싶어요.

마가렛   그래, 나도 너를 사랑해. 하지만 우리는 이 세상에서 아름다운 것을 다 누릴 수 없어. 그러다간 너무 황홀해서 미쳐 버릴 테니깐. 월도, 가서 자.

강월도   이모, 그래요. 꿈에서 이모를 사랑할 거예요.

노래, 그들의 녹음된 노래가 들리고 그들은 춤을 춘다.

그는 잠시 후 어둠속으로 조용히 사라진다.

착각의 환상과 같이.

암전/막간.

#거실

초인종이 울린다.

강월도 이모, 나가보세요. 만약 나를 찾거든 나는 여기 있지 않아요.

마가렛 누구시죠? 뭐라고요?

문이 열리고 닫히는 소리가 들리고 신사복을 한 두 이민국 형
사가 마가렛을 따라 들어온다.

그들은 젊잖게 둘러본다.

형사 법무부 이민국에서 나왔습니다.

마가렛 이민국에서 나오셨다고요?

형사 네, 이렇게 휴일에 찾아와서 죄송합니다. 강월도 씨의 친
척이 되시죠?

마가렛 네, 이모예요.

형사 그가 어디 있는지 아십니까? 지금 여기 없나요?

마가렛 벌써 1주일이 넘게 아파트에 오지 않았습니다.

형사 그가 추방령을 받은 것을 아십니까? 지난 주 금요일 출국
했어야 했는데.

마가렛 그래요? 몰랐는데요. 무슨 이유죠?

형사 한국에서 그의 여권을 연장해 주지 않아서 우리가 그의 체
류 허가를 취소하게 된 겁니다.

마가렛 학교 다니는 유학생의 여권을 취소하다니, 어떻게 그럴
수 있지요?

형사 그가 어디 있는지 아시면 연락해 주십시오. 저희들은 그

를 도와주려는 것이니, 저희들을 피해 다닐 필요가 없다
고 전해 주십시오.

마가렛   알겠습니다.

형사   실례했습니다.

　그들을 따라 문 쪽으로 나갔다 돌아온다.

마가렛   월도! 왜 추방령에 대해 아무 말도 안했지! 네가 학교 신문
에 한반도 중립이니 통일이니 떠들고 다녀서 그런 거지!
빨리 박사과정이나 끝내라 했지.

강월도   이모 목소리는 어머니를 너무 닮았어요. 이모더러 도와
달라 하지 않겠어요.

마가렛   넌 지금 한국에 돌아가면 감옥에 가, 그러지 말고 망명신
청을 하는 것이 어때?

강월도   어머니는 오래 사시지 못할 겁니다. 동생들이 보고 싶어
요. 우리, 고향에 돌아가요. 옛날 집으로 돌아가요. 저는
한국전쟁동란을 그날그날, 순간순간, 겪어야 했습니다.
그 기억들은 내 피에, 내 뼈에 스며든 암세포와 같이 저에
게 고통을 줍니다.
아, 지금과 같이 피가 타고 뼈가 부서질 것 같은 아픔을
오래 견딜 수는 없습니다.

#눈이 내리는 거리

  늦은 밤, 눈이 내린다. 멀리서 성탄절 합창이 들린다.
  강월도, 천천히 걸어온다. 뒤에서 청년이 조용히 다가온다.

청년   이봐 불 좀 있나?
강월도가 주머니에서 성냥을 찾아 건네준다.
청년, 칼을 뽑아 월도의 목에 들이대고

청년   돈 가진 거 다 털어 내놔.

강월도, 말없이 그를 쳐다보다가 주머니에서 지폐를 꺼내준다.

청년   이게 전부야! 이 자식 사기치고 있어!

  그를 찌르고 코트를 벗겨 들고 달아난다.
  월도, 어렵게 일어나려다 쓰러진다. 그는 죽었다.
  눈이 무겁게 내린다. 멀리서 성탄절 합창이 들린다.
  멀리서 주인공의 노랫소리가 들린다.

  "살어리랏다.

오늘, 또 오늘, 그날, 그날,

어제의 짐을 메고

넘어 내일을 찾아

살어리랏다.

짐을 버리고

지난날을 잊는다면

벌을 받을 것이리라!

지난날의 짐이 너무 무거우면

내일을 포기하고 해가 지고

짐이 무거울 때,

앞이 캄캄할 때.

여기 오늘 밤 쉬어 가리."

—강월도 희곡 〈어제와 내일 사이에서〉 1막 1장, 2막 4장 중에서

---

⑤ '서울벽보' (p166에서 계속)

(1) '미국의 소극장의 개념과 운영' 제목의 논단

(2) 옛 극장을 구제하자(서울벽보 좌담)

(3) 극작가 강월도 씨 등 서울시(市)에 건의, 시립극단(市立劇團) 만들도록(동아일보 기사)

⑷ 서울시립극단 창단 백서(1993) 단장선출에 관하여(공연과 리뷰 기사)

⑴ 미국의 소극장의 개념과 운영

여기서 소극장이란 전통적인 대극장형 공연에 반하여 그 '밖에서' 할 수 있는 실험적, 전위적, 즉흥적 공연을 말한다. 서양에서는 Small Theater(소극장)라는 말을 쓰지 않는다. 우리가 소극장이라 말하는 것에 해당되는 서양의 개념은 주류의 '밖에서' 혹은 주류를 '벗어나서'이다.

소극장이라는 지붕 밑에는 여러 유의 동물들이 살고 있는 것 같다. 첫째 주로 작가 겸 연출가가 주동하거나 또는 동인제로 운영하는 극단이 작은 극장을 마련하여 주로 사용하는 경우이다. 둘째로는 소극장을 마련하여 주로 임대해 주는 상업적 취향이 없이 않은 '작은 극장'들이 있다. 셋째로 연극을 사랑하는 정열에서 소극장을 마련하여 상업적 임대조건에 구애받지 않고, 그런가 하면 자체로 유지하는 극단도 없이 그 주변에서 모여드는 연극인들에게 비영리적, 또는 가능한 (한계에서) 공동제작의 형식으로 연극을 올리며 공연의 기회를 주는 개방된 소극장들을 말할 수 있다.

1950년대 말 뉴욕에서 문을 연 카페 치노극장(Caffe Cino Theatre)과 라 마마 실험극장(La Mama Experimantal Theater Company)은 제3의 소극장의 역사적 원조라 하겠다.

현실적으로 오늘날 한국의 소극장은 역사적 의의를 떠나 '내 극장'에서 할 수 있는 공연을 여러 가지 경제적 여건상 작은 극장에서 영세하게 하는 것에 지나지 않는다. 어떻게 보면, 한국에는 '대극장'의 공연은 연극의 주류가 아니고, 소극장이 연극의 주류를 구성하고 있는 기현상을 보이고 있다.

나 자신 1987년에 한국에 돌아와서 두 작품을 소극장에서 올렸는데, 둘 다 특별히 소극장을 요구하는 작품이 아니었다. 제작 여건 관계로 대극장에서 올릴 수 없어 소극장에서 올린 것뿐이다.

그런가 하면, 이 두 작품의 소극장 공연은, '주류의 밖에서' 올릴 수밖에 없는 연극을 올린다는 소극장의 원래적 이상이 실현되었는지도 모른다. 그런 점에서 한국뿐 아니라 세계적으로 소극장의 다양한 범람 속에서 소극장의 원초적 목적이 고수되고 있다고 보겠다.

(2) 좌담회: 옛 극장을 구제하자

　　사회: 김의경(전 연극협회 이사장)

　　참석자: 강월도, 김우옥, 유민영, 이중한, 정진수, 황정순

　　장소: 1989년 6월 12일 프레스센터 한라산

　　강월도: 서울벽보 이번 7월호에 아직도 다행히 남아 있는 몇몇
　　　　　　옛 극장에 대해 알아보고, 어떻게 하면 더 늦기 전에
　　　　　　극장으로서 제 모습을 되찾을 수 있을까 하는 문제에

관한 특집을 마련하고 있습니다.

이것은 우리 연극계를 위해 중요한 운동의 시작이라고
봅니다. 시작이 반이다 혹은 십리 길도 한걸음부터 시
작한다는 속담이 우리에게 있듯이 특집이 그런 운종의
시작이 되길 바랍니다.

역사적으로나 세계 연극의 시점에서 볼 때 동양극장,
시공관, 부민관과 같은 지난날의 극장을 연극계에서
되찾아 보존하여야 된다고 보며, 역사의 박물관으로서
만이 아니라 좀 더 유용하게 연극이 계속 공연되어 살
아 있는 전당으로 되살려야 한다고 생각합니다. 사실
서울에 연극을 위한 극장이 많은 것 같으나 좀 더 정확
하게 말하면 그렇지가 않습니다.

한국의 실정으로 보아서 남산위에 외떨어져 있는 국립
극장과 명청하게 거대한 세종문화회관은 연극을 효과
적으로 올리기에는 걸맞지가 않다고 보며, 우리 현 실
정에 적합한 극장은 입지 조건에서나 규모로 보아 강
북의 문예회관, 호암아트홀과 신축된 동숭아트센터 정
도라고 생각합니다.

그러나 앞서 언급한 모든 극장이 연극을 위한 전용극
장이 아니라는데 문제가 있습니다. 소극장을 예로 들
면 강북의 실험, 산울림, 엘칸토, 대학로극장을 관대

하게 제외하고는 모든 극장이 첫째 성인관객을 동원하기에는 적당한 극장이 아닙니다. 대부분의 소극장은 연습장이지 귀한 손님을 초대하여 하룻밤, 오후 한 나절을 축제로 즐기게 한 수 있는 정리된 공간이 아닙니다. 다시 말해, 극장이라 하기에는 너무 부족한 점이 많습니다. 강남에 새로운 극장이 몇 개 생겼습니다만 불행하게도 여기저기 흩어져 있고 교통편을 보아 관객을 동원하기 위해 아직 별로 유리하다고 볼 수 없습니다.

이런 현실에서 강북에 있는 입지 조건이 좋은 옛 극장들을 복구하는 것은 연극을 위해 급선무하고 봅니다.

새로운 극장을 짓는 것이 낡은 극장을 복구하는 것보다 좋이 않느냐의 질의도 있습니다만 우리는 둘 다 추진해야 하며, 새로운 극장도 적절히 좋은 위치를 구해서 지어야 하고 동시에 옛날 극장도 복구하여야 합니다.

■ 서울벽보

(3) 극작가 강월도 씨 등 서울시(市)에 건의, 시립극단(市立劇團) 만들도록

서울시 산하 시립극단의 신설을 주장하는 연극인들의 소리가

263

높아지고 있다. 극작가 강월도 씨를 중심으로 김의경(金義卿, 한국연극협회 이사장) 오현주(吳賢珠, 연극배우), 유덕형(柳德馨, 연출가 서울예전 학장) 등 4명의 연극인은 『서울특별시 시립극단 창설을 위한 건의서』를 최근 서울시에 제출하고 올림픽 개최이전에 서울시 시립극단을 신설해 줄 것을 촉구했다.

이들은 이 건의서에서 '인구 1천 만 명이 넘는 세계적인 대도시인 서울시가 관할시립극장 하나 갖지 않고 있다는 것은 불명예스러운 일'이라고 주장하고, '시립극단의 운영은 올림픽 개최도시로서 우리 문화수준을 높이고 문화정책에 대한 불균형을 시정하는데 한 몫을 하게 될 것'이라고 강조했다.

이들은 또 시립극장의 창설로 보다 많은 연극인들이 안정된 위치에서 연극에 전념할 수 있는 기반을 조성할 수 있을 것이라고 말하기도 했다.

이들 4명의 연극인들이 건의서와 함께 제출한 극단의 운영시안을 보면 단원 30명을 확보, 1인당 월평균 60만 원씩의 월급을 지급하는 것으로 1년에 3억 5천만 원 정도의 예산이 소요된다는 것.

국내에는 부산, 광주 포항, 경주 등 4개 도시에 시립극장이 운영되고 있다. 서울에는 공공단체 성격으로 국립극단이 활동하고 있다.

■동아일보 1988월 4월 23일

(4) 서울시립극단 창단 백서(1993) 단장선출에 관하여

…(전략)

이런 상황을 감안해서 필자는 시립극단 운영위원회가 먼저 해야 할 일을 다음과 같이 제안한다.

극단의 핵심으로 단장을 비롯하여 그를 처음부터 지원할 연극 연구/심사 담당자(예술감독, 드라마투르기 등), 상임 연출가의 수와 구성을 우선 결정해야 한다.

…(중략)

문민정치의 새로운 출범, 신한국의 창조 벽두를 맞아 시립극단을 창설한다는 이 행운의 시점에서 우리는 구태의연한, 위로부터의 권위주의적 관습을 탈피하여 새롭게, 좀 더 민주적이고 개방된 방식으로 시작해야 한다.

시립극장 운영위원회의 과반수를 연극계 원로들로 구성했다는 데는 납득할 만한 면이 없지 않으나, 우리 역사 초유의 서울시립극단 창선의 의의를 되짚어 볼 때, 국립극장을 위시해서 기존 극단의 시행착오를 반성 없이 반복할 것이 아니라, 혁신의 정신에서 좀더 새롭고 성실한 공개적 추천, 운영 방법이 필요하다고 본다.

-『철학과 희비극』, 현대미학사, 1996, p272

⑥ 〈뻔데기전〉(p171에서 계속)

무대는 어린 시절에 뛰며 놀던 동산의 모습이면서, 무대가 호텔 방이 되어야 할 때는 동산의 작은 언덕은 누울 수도 있는 두 개의 침대가 된다.

소도구로 필요한 것은 두 개의 베개, 전화 등이었다. 극의 맨 끝에 가서 그 언덕과 같은 침대는 '뚜껑'이 열리면 관이 되고, 뚜껑이 닫히면 그것은 무덤이 되기도 한다.

막이 내리면서 두 광대가 죽음의 천사, 또는 저승의 사자처럼 그 위에서 춤을 추고 노래를 부르기도 한다.

연극은 반주에 맞춰 종을 흔들고 북을 치며 노래하는 광대의 '뻔데기 팔자 타령'으로 시작해서 끝으로 그들의 '상여 타령'으로 막이 내린다. 이렇게 타령으로 시작해서 타령으로 끝나는 것이 기대하였듯이 인상적이었고 좋다고 본다.

이번 공연의 두 남자 광대들은 뻔데기를 파는 두 상인과 인검 나온 두 경찰의 역도 맡고, 끝에 장례를 이끌어 가는 죽음의 천사, 또는 저승의 사자 역을 맡기도 한다. 여기서 광대들이 뻔데기로 보일 수 있는 의상과 분장을 한 서양식 광대로 나왔는데, 그보다는 전통적인 우리 의상을 입은 저승사자로 또는 상여꾼으로 분했던 것이 더 나았을 뻔 했지 않았나도 생각해 본다.

친구	너 출출해? 뭐 좀 시켜다 먹을래?
월도	괜찮아, 호텔에 주문하기에는 너무 늦었지.
친구	다 할 수 있지, 요 근처에 내가 아는 술집에 전화해도 되고 밤참겸 술안주를 좀 가져 오래지 뭐.
월도	너, 술 더 할 거야?
친구	근데, 넌 삼십년 동안 그 좋다는 미국 가서 장가도 못가고 뭐가 좋다는 거야! 뭘 했니? 정만 삼십 년 나미아미타불 아냐?
월도	장가야 젊었을 때 멋모르고 가야지, 나이가 들면 점점 더 어려워지지.
친구	이승만 박사처럼 백마나 하나 잡아타고 나오지?
월도	백마도 타보고, 흑마도 다 타 봤다.
친구	한 수 치시네! 야! 흑마 맛이 어떠냐?
월도	걔들은 애처롭게 운다.
친구	야! 흑마고 백마고 너 정말 장가 안 갈래?
월도	너는 왜 일본서 장가도 안 가고 사니? 일본에서야 동양 전통이 있어 장가 안 가고 배겨나기 어려울 텐데?
친구	우리 내일 모래면 환갑이야! 이제 무슨 장가 갈 때를 찾어?
월도	찰리 채플린 같은 사람은 육십이 넘어 결혼해 가지구 아이를 여덟이나 낳잖아.

친구　정말? 대단하구나! 그런데 자식들을 봐서 너무 늙기 전에 장가가야지!

월도　우리가 늙었다? 우리가 젊은 마음으로 살면 팔십 평생 잡아 한 평생의 반을 쪼끔 더 산거다. 아직도 삼십년을 더 살아야 해.

친구　인생 한번 길게 잡으시네. 길게도 잡어.

월도　이것 맘먹기에 달렸지. 내일 죽으려면 죽을 수 있구,

친구　우리가 아무리 젊게 마음먹고 산다구 그래도 가는 세월을 어떻게 막니? 내 말 좀 들어봐. 우리는 이제 늙었어. 우리가 발버둥 쳐도 얼마 안 남았어. 그러니까 너두 고향에 돌아와서 한번 살아봐. 순박한 색시 하나 구해 장가 갈수도 있구. 한국에서 뜨거운 된장찌개 먹고 사는 맛도 괜찮아.

월도　한국에 나와 사는 것도 간단하지 않지. 게다가 말 좀 서투르게 했다고 안기부에 끌고 가서 물고문이나 주면 곤란하지.

친구　야, 말하는 것 배워야 돼. 괜히 미국헌법을 번역하는 식으로 떠들면 큰일 나지. 한국에 나와 마지막 좋은 일 하다 죽는 것도 좋은 생각이다. 내가 가만히 네 말을 들어 알겠는데, 어머님이 연세가 드셔 노망을 하시구 기동이 불편하셔 누워 계신다 하는데 요즘 아무리 비행기 값이 싸서 마음대로 왔다 갔다 할 수 있는 좋은 세상이라 하지만, 그

건 한국 관습과 도리에 맞는 것이 아니고, 네가 아무리 미국 생활에 젖어 있다 하지만 넌 한국 놈이야. 어머님이 눈 감기 전에 떠돌이 생활 청산하고 며느리 보시게 하는데 너의 도리다. 한을 풀어 드리는 길이야.

월도   모친 모시고 효도 하라고 길게 나오는 거야? 많이 들은 노래다.

친구   내 말 들어봐. 약도 몇 번 먹어야 돼. 네가 장남이잖아! 한국서는 아직도 장남, 장손을 따진다구. 네 어머님이 6·25때 아버님 납치당해 가신 후 혼자서 고생, 마음고생, 너희들 형제나 적으냐? 여섯 아이를 키우며 희생하신 분인데. 이건 농담이 아니구 어머님 여생이 몇 년 남았는지 모르니, 그것도 참작해야지. 이제 너두 어머님 좀 모시다가 임종을 지켜야지. 너도 나이가 들고 미국서 대학 교수라 그래서 네 어머님 노인네가 하구 싶은 말을 또 눈치 보고 어려워서 못할 때가 있다구. 이젠 좀 같이 된장찌개라도 먹어가면서, 그 어떤 흐뭇한 정을 느끼고 싶으실 텐데…

월도   막내 동생이 결혼해서 어머님은 잘 모시구 있는데, 내가 여기 왔댔자 장가가기 전에는 못 모시지.

친구   같이 있으면 모시는 거지. 장가는 가면 되잖아.

월도   오늘 모두 대접 잘 받았고, 내가 쉬 한국에 살러 나오지 않으면 언제 니가 미국에 와서 갚을 기회가 있지 않겠냐?

친구 　야 나는 미국 안 간다. 천국 같은 한국 두고 왜 내가 위험한 비행기를 타고 낯선 나라에 가서 억척을 떠냐?

월도 　그런 잘 가고, 서울 떠나기 전에 전화라도 할게.

친구 　이 자식아 미국 꽁무니 빼지 말고 자동차로 들어가.

친구는 월도의 목을 잡고 차 안으로 넣는다.

떠나는 차 뒷모습을 바라본다.

서울 시외로 나가는 넓은 길, 눈이 내리며 바람 부는 추운 밤.

막지에 아래의 글이 올라오면서 자동차 두 대가 충돌하는 소리가 들리고 구급차 소리가 들린다.

– 〈뻰데기전〉 작가의 글과 8장 중에서

⑦ 강월도(1987) (p6에서 계속)

황지우

강월도 교수가 대학원 강의실 앞 복도에 서서

밖을 내다보고 있는 동안

그의 파이프가 쿨럭쿨럭 기침하며…

지구를 한 바퀴 돌고 와도
이건 해결이 안 된다는 듯이
파이프가 안으로 곪아들어 간다.
그는 지금도, 그가 건너온 바다들
건너오고 있는 중일까…

이미 깜깜해진 자기 방을 혼자 열고
들어가는 아득함을 나는 이해했지만
그가 파이프에서 빨아들이는 쓰라림은
그 세월을 속죄하지는 못하리라.
그가 조심스럽게 복도를 걸어 나갈 때
물살 심한 여울을 피해서
서 있는 사람처럼
그는 지금도 어딘가를 건너고 있다.
그의 파이프에서 의심스러운 기호가
뻐끔, 올라온다.

■ 강월도 연보

연 도	주 요 내 용
1911년	부(父) 강병순(姜炳順, 1911. 10. 23~1950. 7. 28 납북) 태어남
1911년	모(母) 박옥출(朴玉出, 1911. 1. 13~1989. 1. 13) 태어남
1936년	파군 강월도(강욱, 대섭 1936. 2. 22~2002. 8. 21) 아버지 극파(克波) 강병순 경성지법 판사와 어머니 박옥출 사이에서 4남 2녀 중 장남으로 서울(종로구 익선동 34번지 7)에서 태어남
1937년(2세)	여동생 강경희(1968년 미국 이민, 의사) 태어남
1940년(5세)	둘째 여동생 강태자(1983년 미국 이민, 전도사) 태어남
1943년(8세)	남동생 강준(대영, 1978년 미국 이민, 목사) 태어남
1946년(11세)	남동생 강국(대진, 1976년 미국 이민, 사업) 태어남
1948년(13세)	강월도, 교동초등학교 졸업
1950년(15세)	(7월28일) 아버지 강병순(40세) 납북(拉北). 강월도 경기중학교 3학년
1951년(16세)	강월도 경기중학교 졸업 남동생 강건(대근, 유복자, 1990년 온두라스 이민, 사업) 태어남
1954년(18세)	첫 시집 『태양을 위한 환상』(공동문화사).
1954년(18세)	경기고등학교 졸업(경기 50회)
1954년(18세)	서울대학교 문리대 사회학과 입학
1955년(19세)	(1월) 도미(渡美), 인디애나대학교 사회학과 전입학
1957년(22세)	인디애나대학교 졸업, 학사(B. A.)
1959년(24세)	뉴욕 컬럼비아대학교 박사과정 입학
1959년(24세)	소극 〈도둑이야기(Tales of Thieves)〉 뉴욕 치노 소극장 공연

1959년(24세)	소극 〈마네킹, 망령들 틈에서(Among Dummies)〉 뉴욕 치노 소극장 공연
1960년(25세)	컬럼비아대학 대학원 철학과정 수료.
1960년(25세)	(~1970년) 뉴햄프셔주립대학, 찰리 딕킨슨, 인디애나주립 대학 등에서 교편
1961년(26세)	박사논문 주제인 조지 허버트 미드(G. h. Mead's Concept of Rationality) 자료 수집과 연구를 위해 1년간 독일 체류
1962년(27세)	컬럼비아대학 대학원 『비순수 이성비판』 논문으로 철학박사 (Ph. D.) 학위 취득
1962년(27세)	파군 필명 사용
1962년(27세)	앤디 밀리간 연출 〈마네킹, 망령들 틈에서〉 공연, 뉴욕 라 마마 실험극장
1962년(27세)	〈인두 사냥(Head-Hunting)〉 뉴욕 라 마마 실험극장 공연, 앤디 밀리간 연출(개관 3주 기념작)
1963년(28세)	〈주인과 그의 착한 세입자들(The Landlord and His Good Tenants)〉 공연, 뉴욕 라 마마 실험극장
1963년(28세)	뉴햄프셔, 찰리 딕킨스, Columbia, 인디애나주립대학에서 강의 시작
1971년(36세)	첫 서울 방문(16년 만). 어머니 환갑기념
1972년(37세)	『G.h. Mead's Concept of Rationality: A Study of the Use of Symbols and Other Implements, (Mouton)』
1975년(40세)	New York, Far Rockaway에 극장 인수
1976년(41세)	(1976~1980): Lincoln Center 근처 67번가에서 Lincoln Typewriter 가게 운영
1977년(42세)	(1월) 미국 국적 취득, 한국 국적 상실

1980년(45세)	New York, Broadway 근처 52번가 5층 화재 난 건물 구입 (314 W. 52 St. NYC 10019)
	(1980~1988): 52가 건물 1층에서 프린트 복사 사업 Pana Copy 시작
	52가 건물 2층에서 거주, 몇 블록 떨어진 Broadway에서 연극과 뮤지컬을 섭렵하며 독신으로 자유롭게 작품 활동을 하던 시기. 뉴욕을 방문한 한국 예술가들과도 많은 교류를 하였으며 87년 귀국할 때까지 뉴욕생활을 만끽함
1984년(49세)	〈이승의 죄(The Crime of This Life)〉
1986년(51세)	(2월 26일~3월 23일) 〈이승의 죄(The Crime of This Life: A Day in the Life of a Chinaman in New York)〉 초연, 뉴욕, 샌포드 마이스터 극장
1987년(52세)	(8월 25일) 영구 귀국(33년 간의 미국 생활)
1987년(52세)	문화정보지 월간 서울벽보 창간
1988년(53세)	뉴욕 52번가 건물 매각, 서울벽보 잡지 발행 경비 마련.
1988년(53세)	(3월 4일~3월 31일) 한국 첫 번째 공연 〈어쩐지 돌연변이〉, 실험극장, 극단 가교
1988년(53세)	희곡 『어쩐지 돌연변이』 출간
1989년(54세)	(1월 20일) 어머니 박옥출 장례식(강원도 유럽 여행 중 참석 못함)
1989년(54세)	(2월) 마광수 교수로부터 1월 출간된 『나는 야한여자가 좋다』 증정 받음
1989년(54세)	『인조인간』 발표: 서울벽보 7월호
1989년(54세)	『뻔데기전』 발표: 월간문학 8월호
1989년(54세)	『돌아가는 여로의 대화』 발표: 월간문학 9월호
1990년(55세)	(6월) 첫 시집 『태양을 위한 환상』 재판, 공동문화사
	(6월) 2번째 시집 『욕망, 그 가면극』 출간 (일선기획)

1990년(55세)	(6월 27일~7월 22일) 한국 두 번째 공연 〈뻔데기전〉(실험극장)
	(11월) 희곡 『뻔데기전』 출간
1991년(56세)	(9월 10일~15일) 한국 세 번째 공연 〈뉴욕에 사는 차이나맨의 하루(부제 이승의 죄)〉, 문예회관 대극장 공연, 윤호진 연출
	(12월) 희곡 『이승의 죄─뉴욕에 사는 차이나맨의 하루』 출간
	(12월) 미국 국적 포기, 한국 국적 회복
1992년(57세)	신명숙과 결혼(조병화 소개, 주례, 동숭아트센터 라르고) 서울 성북구 동소문동 살림, 1996년 이혼신고
	한성대 철학과 전임 발령.
	『박덩이 로맨스』 발표: 한국연극 10월호
	(3월) 논평집 『이성의 미학 축제』 출간.
1993년(58세)	(4월) 한국 네 번째 공연 〈인조인간〉 (대구문화예술회관, 8월) 대구그랜드 호텔.
	희곡 『향연, 사랑의 신 에로스에게』 출간.
	희곡 『학이여, 노래하라』 발표: 꿈과 시 10월호.
1994년(59세)	희곡 『바퀴벌레』 발표: 순수문학 8월호.
	『어제와 내일 사이에서』 발표: 문학공간 9월호
	3번째 시집 『육체의 대화』 출간
	(6월) 희곡 『인조 인간』 출간
	편서 『민족문화: 특집. 한국의 과학사상과 논고』 출간
	(4월 9일, 5월 22일) 다섯 번째 공연 〈박덩이 로맨스〉, 이필동 연출, 대구 원각사 대구 문화예술회관(대구연극제 출품)
	(5월 30일) 〈박덩이 로맨스〉, 수원 문화예술회관 전국연극제 출품

1994년(59세)	외조부의 형, 재불 화가 청도 박일주(朴—舟) 프랑스 병원에서 사망
	(12월 9일~95년 1월 15일) 여섯 번째 공연 〈어제와 내일사이에서〉(동숭스튜디오씨어터) 오량씨어터 제82회 정기공연
1995년(60세)	희곡 『박덩이 로맨스』 출간
	희곡 『어제와 내일 사이에서』 출간
	편서 『청도 박일주의 회화: 아름다운 계절의 풍경』 출간
1996년(61세)	논평집 『철학과 희비극』 출간. 파킨슨병 인지
1997년(62세)	철학서 『Man's journey to Better Worldw』: 한신출판사
1998년(63세)	희곡 『문의 희비극』 출간
	4번째 시집 『자유 변주곡』 2권 출간: 한국시문화회관
	논평집 『과학의 논리와 아름다운 샘물의 미소』 출간
	편서 『함인규: 조각을 위한 드로잉 – 여체의 곡선』 출간
1999년(64세)	(4월) 5번째 시집 『사랑무한』 출간: 늘봄
2000년(65세)	(10월 3일), 청도 박일주 전문 미술관 DG미술관([D.G.Museum) (D.G 다섯거리-로터리) 개관 (혜화동 로터리 102-1번지) 복사집 겸업
	(12월 9일) '제주도 목선(木船) 7일' 첫 죽음의 동반여행, 목선 구입 실패 후 귀경
2001년(66세)	(2월) 한성대학교 정년퇴직 (영문판 철학, 연극, 문학저서 5,000여 권, 한국판 철학, 연극 저서 1,000여 권 한성대 기증)
	(11월) 파킨슨병 악화로 2주간 입원
	(7월) 6번째 시집 『마지막 유혹』 출간.
	(8월) 7번째 시집 『욕망과 희비극』 출간
2002년(67세)	(1월) 제주도 목선(木船)찾아 일주일 죽음의 답사여행

2002년(67세)	(8월 15일) 중절모와 파이프를 들고 돌아오지 않을 여행을 떠남.
	(8월 21일) 밤 12시 경 부산에서 제주로 가는 페리선상에서 바다로 투신, 실종
	(10월 13일) 강월도 시신, 동해 울릉도 근해에서 발견, 향년 67세.
	(10월 18일) 장례식, 고려대 영안실
2002년	(11월 30일) 투신 100일 째 강추모(강월도 추모모임) 예비모임—봄출판사
	(2월 22일) 그의 생일을 기념하여 첫 강추모 모임. 추모비 설립 등 의논(혜화동 시문화회관)

■ 강월도 저작물

〈시집〉

강월도, 『太陽을 위한 幻想』(서울: 공동문화사 1954, 1990년 재판)

강월도, 『욕망, 그 가면극』(서울: 일선기획, 1990)

강월도, 『육체의 대화』(서울: 혜화당, 1994)

강월도, 『자유 변주곡』 2권 (서울: 한국시문화회관, 1998)

강월도, 『사랑무한』(서울: 늘봄, 1999)

강월도, 『마지막 유혹』(서울: 우리글, 2001)

강월도, 『욕망과 희비극』(서울: 우리글, 2001)

〈희곡〉

강월도, 『어쩐지 돌연변이』(서울: 도서출판 예니, 1988) 강월도, 『뻔데기전』(서울: 예니, 1990)

강월도, 『이승의 죄 —뉴욕에 사는 차이나맨의 하루』(서울: 예니, 1991)

강월도, 『향연, 사랑의 신 에로스에게』(서울: 예니, 1993)

강월도, 『인조인간』(서울: 예니, 1994)

강월도, 『박덩이 로맨스』(서울: 예니, 1995)

강월도, 『어제와 내일 사이에서』(서울: 예니, 1995)

강월도, 『학이여, 노래하라』(서울: 꿈과 시, 1993년 10월호)

강월도, 『바퀴벌레』(서울: 순수문학, 1994년 8월호) (서울: 늘봄, 1998 논평집, 『과학의 논리와 아름다운 생물의 미소』中 수록)

강월도, 『문의 희비극』(서울: 예니, 1998)

〈철학서〉

강월도, 『G.h. Mead's Concept of Rationality: A Study of the Use of Symbols and Other Implements, Mouton, 1972 (조지 허버트 미드의 이성론: 기호와 다른 도구의 사용에 대한 연구)에서 오늘의 '비순수 이성비판'』

강월도, 『이성의 미학 축제』 (논평집), (서울: 한신문화사, 1992)

강월도, 『철학과 희비극』 (논평집), (서울: 현대미학사, 1996)

강월도, 『Man's journey to Better World』"(Philosophical Essays), (Hanshin Publishing Co., 1997)

강월도, 『과학의 논리와 아름다운 생물의 미소』 (논평집) (서울: 서울스코프, 1998)

〈편서〉

강월도, 『민족문화: 특집. 한국의 과학사상과 논고』 (서울: 한성대 민족문화연구소, 1994)

강월도, 『청도 박일주의 회화: 아름다운 계절의 풍경』 (서울: 예니, 1995) (서울: 현대미학사 1996 철학과 희비극 중 수록)

강월도, 『함인규: 조각을 위한 드로잉—여체의 곡선』 (서울: 함스화랑, 1998)

KI신서 5336

어쩌지 돌연변이

1판 1쇄 인쇄 2013년 11월 12일
1판 1쇄 발행 2013년 11월 15일

지은이 조유현
펴낸이 김영곤 **펴낸곳** (주)북이십일 21세기북스
부사장 임병주 **미디어콘텐츠기획실장** 윤군석
책임편집 배상현 **미디어믹스팀** 박정효
디자인 표지 정란 **본문** 정란 윤인아
마케팅영업본부장 이희영
영업 이경희 정경원 정병철 **마케팅** 김현섭 최혜령 강서영
출판등록 2000년 5월 6일 제10- 1965호
주소 (우413- 120) 경기도 파주시 회동길 201(문발동)
대표전화 031- 955- 2100 **팩스** 031- 955- 2151 **이메일** book21@book21.co.kr
홈페이지 www.book21.com **블로그** b.book21.com
트위터 @21cbook **페이스북** facebook.com/21cbook

ISBN 978-89-509-5278-5 03810
책값은 뒤표지에 있습니다.